貝塚
ダンジョン

「《大国主神》を前面に多重展開！」
「承認。《大国主神》発動」
山岸直人
江原萌絵
佐々木望

カクドンニョン
「戦いはこうじゃなきゃ、
面白くないよなあ⁉」

自宅にダンジョンが出来た。

なつめ猫

ぶんか社

C O N T E N T S

プロローグ

それは唐突《とうとつ》に現れた。

全世界規模で、同時多発的に――。

物語の中だけにあるはずの、空想上のモノ。

――人は、それを『ダンジョン』と呼んだ。

第一章

広く清潔感《せいけつかん》のあるフロア。天井からぶら下がっている大きなモニターには、現在の入電と対応中のスタッフ、そしてスタッフの応答待ちのエンドユーザーの件数が表示されている。

　現在、電話業務に従事している人数は二五人。その人数に対して入電件数は一一七件あり、待ち呼《こ》は六一人も存在している。そして保留は三一件。はっきり言って対応が間に合っていない。

　ここは日本でも三大通信キャリアの一つ、通信事業公社《つうしんじぎょうこうしゃ》を前身に持つ巨大企業の携帯電話部門の顧客《こきゃく》問い合わせサービスセンターの一つである。いわゆる、コールセンターと呼ばれる場所だ。

　俺は、現在そこで派遣《はけん》社員として働いている。

　天井からぶら下がっているモニターを見て、スーパーバイザー《SV》と呼ばれるスタッフは「入電が◯件あります！　急いでください！」と急《せ》かしてフロアを歩きまわっている。

　そんな姿に、急かす前に自分で電話を取れ！　と心の中で思うが、口には出さない。基本的に、ＳＶは電話を取ることが仕事ではなく、サポートや指導がメインの仕事だからだ。

　それに、ＳＶと仲良くなると余計な仕事を押し付けられる可能性があるために、付かず離れず付き合った方が面倒事がなくていい。

　コールセンターに勤めている人間は、基本的に大なり小なりストレスを抱えた末に病んで辞めて行く。そして、それがコールセンター業界の常であり、いつもの風景だ。

こんな仕事だが、単純な肉体労働よりも時給は高い。

ただし！　それは体力ではなく、心という見えない――、しかし確実に存在する対価を差し出しているがゆえだ。

肉体の疲労はすぐに癒《い》えても、心はそうはいかない。それはストレス社会である日本が、年間三万人もの自殺者を出していることからも明白だ。

まぁ、それも最近では変わりつつあるのだが。

「はい、こちらノコモココールセンター、受付担当の山岸《やまぎし》です」

席に到着し待ち呼を取ると同時に、テンプレの言葉を相手方に告げる。

よく会社名だけを言って電話を取るオペレーターがいるが、それは下策中の下策。

まず名前を告げるのは、『自分が責任を持って誠心誠意《せいしんせいい》、対応します』というのを、第一投で顧客に対して投げ掛けるためだ。すると入電者から『多摩《たま》市のダンジョン、携帯が繋《つな》がらないんだが、どうなってんだよ！』と、第一声でお怒りの言葉が出た。

こういう場合、まずは反論せずに、顧客が言いたいように言わせておき共感することが大事である。

電話をして来るエンドユーザーというのは、自分の不満をオペレーターが共感してくれさえすれば、自《おの》ずと怒りが沈静化《ちんせいか》するからだ。

そう。コールセンターのオペレーターというのは、企業の顔であると同時に、顧客の理不尽な怒りを受け止める肉の盾だ。

だからこそ、オペレーターたちは心を病んで辞めて行く。過剰にサービスを求める顧客を大切にするために、人間を盾として利用する企業。この歪《いびつ》な構造こそがコールセンターの本質だ。

そんな過酷な職でありながら、派遣会社は毎月、給料の半分ほどを中抜きする。離職率《りしょくりつ》が高いとされている介護《かいご》職よりも、さらにその数字が高いのも仕方がないと思える。

奴らは人間をなんだと思っているのだろうか？

そんなこんなで定時である午後五時だ。タイムカードを押すために、席から立ち上がる。

「山岸君！」

「はい？」

ちょうど帰ろうとしたタイミングで、センター長の乾《いぬい》部長が話し掛けて来た。

「実は、一七時から出社するはずの派遣の子が、とつぜん出社できなくなったんだが……。二〇時まで残業をお願いできないかな？」

「……分かりました」

「そうか！　すまないね」

どうやら三時間ほど残業になりそうだ。まぁ、独り身だから特に残業になっても問題ないな。

そういえば、今月末に契約更新ということだったが、派遣会社からは何も言われていないな。

「センター長。今日、来られなくなったのは誰なのでしょうか？」

「ああ、佐々木《ささき》君だよ」

――佐々木か。

内心、溜息《ためいき》をつきながら佐々木のことを思い出す。確か、アイツは成田《なりた》から通っていると自慢していたな。そういえば、佐々木は、こんなことも言っていた。

「コールセンターは時給がいいから入ったんです。でも、精神的にきついですね！　これだったら探索者の方が楽じゃないですか？」

まさか――。

俺は一〇分の休憩時間で、コールセンター室を出た。

部屋から出ると、通路の左手に大きなロッカーが並んでいる。

大きさとしては靴を入れる程度の大きさのロッカーだが、もちろん靴を入れる訳ではない。入れるのは、コールセンター内に持ち込んではいけない私物。

顧客の情報などを守るため、主に携帯電話やメモ帳などを入れておくのだ。

ロッカーのプレート番号を確認しつつ、俺はスーツのポケットから鍵を取り出し、ロッカーを開けてスマートフォンを掴《つか》んだ。

廊下に出て、佐々木のスマホにかける。数度の呼び出し音の後、電話口から声変わり前かと思わせるような、若い中性的な声がした。

『山岸先輩ですか？』

「ああ、俺だ。お前、急に休んだだろ。お前のせいで残業になったぞ。センター長も怒ってたぞ」

『あー、すいません』

「どんな用事か知らないが、センター長は定時ギリギリに俺に頼んで来たから、お前、出社できないのを時間ギリギリで電話しただろ？　俺たちは派遣なんだから、いつ首を切られるか分からないんだぞ？　日頃からきちんとしておかないと、まずいぞ？」

佐々木は俺より二〇歳も年下の大学三年生だ。

働くのはここが初めてと言っていたから、ある程度は社会常識を知らなくても仕方ないのだが、賃金を貰《もら》って働くからにはしっかりして貰いたい。

それに一応、同じ会社から派遣されており、派遣元企業の担当からも、新人のサポートをお願いしますとか言われているし。佐々木のサポート業務に金は貰っていないけどな。

『先輩、知らないんですか？』

「何をだ？」

『いやー、俺たちの派遣元、社長が脱税《だつぜい》で捕まって業務停止命令を受けたとかで、更新もないって』

「はあ？」

一瞬、思考停止してしまう。

そんな馬鹿な！　と、思いながらも、佐々木が冗談を言っているようには聞こえない。

『それで俺、ダンジョンの探索者になろうと思っているんです！』

「ダンジョンか……。まあ、やりたいことがあるならいいんじゃないのか」

俺は、同意しながらすぐに電話を切り、派遣元に電話をかけた。

『はい、こちら派遣会社クリスタルグループです』

すぐに受付の女性が電話に出る。

「すいません。登録している山岸直人《なおと》ですが、担当の桂木《かつらぎ》さんをお願いします」

『かしこまりました』

待たされたのは数分だが、休憩時間がもうすぐ終わる俺にとっては長い時間であった。

『はい、桂木です』

まだ若い女性の声。コールセンター歴一五年の俺には、彼女がかなりお疲れな状態だということがすぐに分かった。

「あの、御社《おんしゃ》は社長の脱税で業務停止命令を受けたと聞いたのですが……？」

『そうなんです。今、その電話が殺到していまして――』

「ノコモコの更新はどうなるんですか？　自動更新されますか？」

『それが……業務停止命令なので……今月で契約は終わりということになります……』

沈んだ声で言葉を返してくる。

「それって……」

『申し訳ありません！』

桂木さんが電話の向こうで頭を下げた音が聞こえて来た。

「……あの、今日って月末近いんですが、会社都合で退職ということになると、御社から一ヶ月分の解雇予告手当《かいこよこくてあて》が発生すると思うのですが？」

「おっしゃる通りです。来月の二五日にお支払いすることになっています」

「そうですか……」

溜息しか出ない。

どうやら、俺は四一歳という年齢で、来月から無職になることが確定してしまったようだ。

●

「……さて」

今日で仕事納めだ。

社用のノートパソコンはログアウトし、デスクの中を片付けるために引き出しを開けた。デスクの中からは研修マニュアルや、携帯電話端末の説明書が複数出て来た。毎年のように新機種が発表されるため、必然的にマニュアルも増える。それら全てに適切な対応ができるよう努めなければならない。

この企業では高いサービスを求めるあまり、派遣スタッフですら一ヶ月の研修期間と、期間中に毎日のように研修の確認テストがある。年中人材不足に喘《あえ》いでいるにも拘《かかわ》らず、だ。

もちろん、テストの結果が悪ければ容赦《ようしゃ》なく首を切られてしまう。

だが、どれだけテストで優秀な結果を残そうと、この仕事はそもそも、精神的な図太さがなければ生きて行けない。

電話口で怒るユーザーの話を根気強く聞き、何を望んでいるのかを言動から察し、適切な答えを返す。

だが、一人一人に丁寧《ていねい》な応対をしていれば、受信担当件数が規定数に届かず、上司からは文句を言われる。かといって杜撰《ずさん》な対応をすればさらなる指導が待っている。

それでも俺はやるべきことをきちんとやって来たつもりであった。その結果は……。

コールセンター室から出た後、ロッカーから袋に入った缶を取り出した。コンビニのレジ後ろに置いている、一つ千円くらいの菓子折りだ。

どうしてこんな物がコンビニに常置《じょうち》されていると思う？

——そう！　俺みたいに、会社を辞める時に菓子折りで相手のご機嫌《きげん》を取って辞める人間のために、コンビニは菓子折りを扱っているのだ。

たとえ千円の菓子折りでも嫌に思う人間はそういない。それに、この業界は広いようでいて実は狭い。

特に派遣は、違う派遣元から同じ企業に派遣されることだってままある。だから、どんな理由であれ退職する時は、波風を立てず辞めるのがこの仕事を続ける上でのマナーといえる。

コールセンター室に戻った俺は、まっすぐにセンター長の所へ向かい、その場に集まった社員たちから惜しまれつつも、菓子折りを配って月並みなお礼と別れの言葉を述べた。

そうして哀愁《あいしゅう》を背負いつつも、元職場を後にしたのだった。

無職になった俺を待っていたのは、「仕事が見つからない」という現実であった。

ここ数日ネットで探してはみたのだが、運転免許くらいしか資格のない中年親父に、仕事が回って来るのは稀《まれ》なのだ。

景気は全く上を向いていない。

一応、来月までは給料を確保できているが、貯金もないため、ピンチには変わりない。

「まずは面接だな……」

そう思ったところで、スーツのポケットに入っていたスマホが振動した。

誰だろうか？　と思い画面を見ると、佐々木の名前が映っていた。

「どうかしたのか？」

『実は明後日、ダンジョン講習会に行こうと思っているんですけど、一人だと心細くて……。山岸先輩も一緒にどうですか？』

「ダンジョン講習会？」

『探索者になるための講習ですよ。今なら簡単な審査と講習だけで、ダンジョンに潜るための免許資格が貰えるってネットに書いてあったんですよ！』

「運転免許かよ……」

ダンジョンが出現した五年前は、かなり厳格な審査が行われていたとニュースで見たことがある。

何故《なぜ》なら、興味本位《きょうみほんい》や自殺目的でダンジョンに入り、モンスターと呼ばれる魔物たちに殺される人間が後を絶たなかったからだ。

　自殺するのに誰の迷惑にもならないダンジョンへ行くのは、日本人として理解はできなくもない。電車に飛びこみ自殺なんてしたら、莫大《ばくだい》な借金を遺族《いぞく》が背負うことになるだろうし。

『全然違いますよ。今は運転免許取るのは大変なんですよ？』

「ん？　そうなのか？」

　俺の記憶にある限りでは、運転免許は試験に受かって免許センターに行けば、二〇万円かそこらで比較的簡単に取得できたはずだが。

『今は免許取得に百万円くらい掛かるんですよ！』

「ひ、百万円⁉　……お、お前まさか……、大学生の自分じゃ免許も取れなくて足がないっていうんで、俺を使おうとしてるんじゃないだろうな？」

『あ、分かりました？』

「ああ、十分にな。だが、俺はダンジョンには全く興味はないからパスだ」

　俺には、コールセンターで働いている方が向いているからな。

『そんなこと言わないでくださいよ！　講習会もすっごい不便な場所で開かれるんですよ！』

　俺の言葉を聞いていないように佐々木は熱弁を振るう。

「どこで開かれるんだ？」

『下志津駐屯地《しもしづちゅうとんち》です』

「駐屯地？　聞いたことがないな」

『陸上自衛隊《りくじょうじえいたい》の基地ですよ。ほら、四街道《よつかいどう》の』

「お前、すっごい不便だとか四街道民に言ったら怒られるぞ。一応、駅だって近くにあっただろ」

『でも歩いて三〇分くらいの距離ですよ！』

「どんだけ歩くのが遅いんだよ。ちなみに俺は車を持っていないぞ？　維持費が高いからな！」

『そ、そんなー!?』

電話の向こうで佐々木が崩れ落ちる音が聞こえた。

「しかし……。まあ、暇だから一緒に行ってやってもいい」

俺の言葉に、佐々木が嬉しそうな反応を返すので、きちんとこう付け加えておいた。

「ただしタクシー代はお前持ちな」

●

電車が四街道駅に到着した。南口を出て最初に思ったのが、

「寒いな……」

もうすぐ冬ということもあり、身震《みぶる》いするほど寒い――ということであった。

講習会など何年ぶり、いや、何十年ぶりだろうか？

以前に講習会と名の付くものに出たのは、若い頃に惰性《だせい》で取得した第二種電気工事士免状《だいにしゅでんきこうじしめんじょう》の認定を取りに行った時だったか。

「それにしても……」

駅前だというのに、目に入るのが弁当屋くらいとは。

以前にも四街道駅は利用したことがあったが、こんなに寂《さび》れてはいなかったと記憶している。

俺としては静かな方が好みだから、寂れているのになんの問題もない。むしろ良いまである。

腕時計で時刻を確認する。

「八時半か……。確か、講習会は九時半からスタートだったな」

一人呟《つぶや》きながら、エレベーター前の木椅子に腰を下ろす。

椅子が冷え切っていて尻が冷たい……。

自然と貧乏揺すりをしてしまうのを必死に堪えながら、待つこと二〇分。

見覚えのある男が駅から出て来た。佐々木だ。

佐々木の容姿は、一言で表すと中性的だ。俺より身長が高いのだが、体の線が細く、顔も女っぽい。一応、紛れもなく男であるらしいが……。

まあ、どんな特徴だろうと俺の後輩であることには変わりない。

「山岸先輩。早いっすね！」

階段を下りて周囲を見回していた佐々木が、俺を見つけて近寄って来る。

一瞬、お前が遅いんだとツッコミを入れそうになったが、

「今来たばかりだ」

大人の対応を取っておいた。

ここで文句を言っても仕方ないし、何より大学生に常識を教える義務は俺にはない。

だからパーカーで来たことに対してもなんとも思わないが、俺から言わせて貰えば、講習会でも面接でも、真面目《まじめ》な場には基本的にスーツ着用で赴《おもむ》くのは社会人としての基本だろうが。

「さて、行くか」

腰を上げてタクシー乗り場へと視線を向けるが――、

「タクシー、ないですね」

「……そう……だな……」

どうやら、あまりにも過疎化しすぎたため、四街道駅にはタクシーが常駐《じょうちゅう》待機することがなくなったようだ。

さっきは閑散《かんさん》として静かな場所も良いと思ったが、やはりある程度の人は必要だ、と俺は柔軟《じゅうなん》に考えを変えた。

佐々木を待っている間にタクシーを呼んでおけば良かった。明らかに俺の失態だ。

「山岸先輩。都賀《つが》駅行きのバスが一〇分後に来るみたいです」

「バス⁉」

そうか……。日本にはバスという乗り物があった。ずっと乗っていないとつい忘れてしまう。

佐々木の言葉通り、一〇分後にバスが来た。さすが日本、時刻の正確さには定評がある。

「とりあえずバス代は佐々木持ちな」

「ええ⁉」

佐々木と二人してバスに乗り、下志津駐屯地の最寄りのバス停に到着したのは二〇分後。

講習開始まで一〇分といったところだ。思わず急ぎ足になる俺に、佐々木が問い掛けて来た。

「山岸先輩、何をそんなに急いでいるんですか？」

「社会人として、一〇分前到着は当たり前だろ？」

「いや、これ講習会ですし……」

確かに、佐々木の言い分も一理あるが、身に染みついた慣習《かんしゅう》は、なかなか拭い去ることができない。

バス停からしばらく歩くと、ようやくゲートが見えて来た。

フェンスには大きな垂れ幕が掛かっており、そこには『ようこそ！　陸上自衛隊 下志津駐屯地へ！　ダンジョン探索者を目指す皆様、大歓迎！』と書かれていた。

「自衛隊って人材確保が大変らしいですよ。それで、探索者志望者に声を掛けているってネットで見たことがあります」

「なるほど……」

そう話していると、隊員らしからぬ服装をした女性たちの姿が目に入った。

「あれは？」

「たぶん、日本ダンジョン探索者協会のキャンペーンガールだと思います」

「そんなのがいるのか」

「はい。人手不足らしいので」

「人手不足か」

今は探索者になりたがる人が多いので、どこの業界も働き手不足らしいのだが、その解消のために賃金を上げたという話は、不思議と聞いたことがない。奴隷《どれい》のように安くこき使える人間が欲しいという考えは、どの企業も変わっていないらしい。

会話していると、俺たちが注目していた女性がこちらに歩いて来た。そのまま佐々木に、自衛隊に興味がないかを聞いている。

ちなみに俺の方はというと、一目合った後はまったくの無視をされた。まぁ、四〇歳を越えている人間には体を動かすダンジョン探索は不向きだから仕方ないな。

しばらく女性と佐々木の攻防を見ていたが、飽きて来た俺は、佐々木の腕を掴んで適当に切り上げさせ、近くの男性自衛官に声を掛けて会場へ案内して貰うことにした。

どうやら講習会は体育館で行われるらしい。大きな建物に案内され、中に入った。

会場内はほとんど暖房が利いておらず、非常に寒い。中年の俺には堪《こた》えるな……。

凍えながら、俺たちは中学校以来のパイプ椅子に案内されて座った。

「思ったより人数が少ないんだな」

周りを見ながら頭の中で周囲の人数をカウントした。俺と佐々木を含め、全部で十八人だ。

「……せ……せせせ……先輩……、さ、さむいっすね！」

佐々木はガタガタと震えながら俺に話し掛けて来る。ふむ、どうやら若者であっても、この寒さは堪えるらしい。

まぁ、俺の場合は皮下脂肪がたくさんある典型的な中年太りだから、慣れてくれば少し寒いかな？　と思うくらいだ。

自慢ではないが、コールセンター業務というのはストレスから食べる量が増え、運動量は減るため太る。

まさにそれは、森羅万象《しんらばんしょう》の摂理《せつり》の如《ごと》く！

だから、俺が太っているといっても、それは世界の成り立ちの根源のようなものだから、俺が悪い訳ではない……ということだけは弁明しておこう。

「佐々木、心頭滅却《しんとうめっきゃく》すれば火もまた涼しという諺《ことわざ》を知らないのか？」

「……それは暑い場合に適用されるやつですよね？」

「ふっ、まぁ、そうだな」

俺と佐々木が話していると、壇上《だんじょう》にスクリーンが下りて来るのが見えた。

映像が映し出されると同時に、自衛隊の制服を着た二〇後半くらいの若い男性が壇に上がった。

「えー、第八七回ダンジョン講習会を開始いたします。本日の司会を務めさせていただきます、山《やま》根昇《ねのぼる》です。階級は、二等陸尉《りくい》です」

「二等陸尉？　おい、佐々木」

「なんですか？」

「自衛隊の階級はよく知らないが、二等陸尉ってなんだ？　軍曹《ぐんそう》より偉いのか？」

「さあ？　俺に聞かれても分かりませんよ」

「ふむ……」

俺は顎《あご》に手を当てながら考える。

大抵の一般企業の場合、講習会で上の人間が前に立つことはないはずだ。

長年培《つちか》ってきた俺の社会人としての一般常識。それに当てはめれば答えは自ずと導き出される。

つまり――、

「彼は軍曹と同等か、それ以下といったところだな！」

「そうなんっすか？」

「間違いない。今まで俺の読みが外れたことはほとんどないからな」

「あのー、よろしいでしょうか？」

先ほどの山根という男性が、苦笑いをしながら俺たちを見ていた。

「申し訳ありません」

すぐに立ち上がり頭を下げた。非があるなら謝罪するのが社会人としての常識だ。

「そ、そこまでしていただかなくても大丈夫ですから！」

慌てた山根が制止する。

しかし、俺と佐々木はかなり小さい声で話していたつもりなのだが、この距離でよく聞こえたな。

「それではまず、ダンジョンについて説明をさせていただきます」

突然、スクリーンに落花生《らっかせい》畑が表示された。千葉《ちば》県の名産品である、あの落花生だ。

一体なんのつもりなのかと疑問に思って観《み》ていると、映像の落花生畑が突如爆発した。

なんの前ぶれもない爆発と、空中に舞い上がる落花生。

そして、爆発跡には地下に通じる巨大な石の階段が現れていた。

「これはダンジョンが出現した瞬間の映像です。ご存じの通り、今から五年前、ダンジョンは世界各地に同時多発的に出現しました」

五年前か……。

確か、入管規制法《にゅうかんきせいほう》が施行《しこう》されたころだったな。

「出現したダンジョンの数は全部で六六六個。うち六〇〇個が日本にあります」

「……ん？」

今、ダンジョンの大半は日本にあると言わなかったか？

そんなことニュースでは一度も……。そういえば、うちにはテレビがなかったな。

ニュースはネットで見ていたが、ダンジョンに興味がないから調べもしなかった。

「お配りした資料をご覧ください」

別の男性がパンフレットを参加者全員に配って行く。

配られたパンフレットの表面には、ダンジョンよりも自衛隊のアピールの方が大きく書かれている。あわよくば入隊希望者を募《つの》りたいという魂胆《こんたん》らしい。

ここにいる者たちはダンジョン講習会に来たのであって、自衛隊に興味がある訳ではない。

……というより、自衛隊はどれだけ人手不足なんだ……。

「まずは表紙を捲《めく》って一ページめをご覧ください」

山根の言葉で参加者が表紙を捲る。

俺は既にパンフレットを開き、半分くらいまで流し読みしていた。こういうのは他人と同じ速度でやっていても意味がないと昔から感じていた。

確か一ページめには、ダンジョンの総数と各国のダンジョン分布が書かれていた。

日本だけで六〇七個。先ほど山根は六〇〇個と言っていたが、まあ誤差の範囲だ。

ダンジョンが多く出現している地域は、環太平洋造山帯《かんたいへいようぞうざんたい》に位置する場所が多いらしい。国連の研究機関の話では、地震が多い場所に集中しているのだとか。

その中でも日本に集中していることには、何か理由があるのかもしれない。

「世界各地に出現した六六六個のダンジョン。そのうちの九割が日本にあり、政府主導《しゅどう》の下で日々対応が行われております」

「あの！　たまに魔物がダンジョンから出て来ると聞いたのですけど！」

俺の前に座っている若い女性が、説明をしている山根に質問をした。

髪は茶色だが、リクルートスーツを着用している辺り、社会人としては佐々木よりはマシだと思われる。

「山岸先輩。もしかして俺のことをディスってません？」

「気のせいだ。お前如きをディスって俺になんの得があるんだ」

「いや、お前如きって……」

「自意識過剰も程々にな」

なかなか勘の鋭い奴だ。若さゆえの感性というやつなのかもしれないな。

俺たちのやり取りの最中、山根が女性の質問に答えていた。

「ご安心ください。自衛隊が定期的にダンジョンの魔物を間引《まび》いています。外に出て来ることはありません」

「そ、そうですか……」

女性がホッとしたような声で呟いた。

だが俺は、それは大問題なのでは？　と思った。

逆に言えば、人手が足りなくて間引けなかった場合、魔物は簡単に溢《あふ》れ出すということだ。

決して、手放しで安心できる情報ではないはずだ。

周囲を見る限り、それを指摘《してき》しようとする人間はいないようだ。

すると、佐々木が耳打ちして来た。

「山岸先輩」

「なんだ？」

「あれですよね？　ダンジョンのモンスターを放置しておくと『モンスタースタンピード』が発生してモンスターが溢れて来るってことですよね？」

「ん？　ああ、そうらしいな」

「今の状況って、かなりまずくないっすか？」

「ああ、まずいな」

佐々木も予想外に色々と感じ取っていたようだ。

日本だけで六〇七個もあるダンジョンは、管理だけでも相当大変なことになっているはずだ。

自衛隊が隊員募集に力を入れている理由も想像が付いて来た。

確か移民規制法《いみんきせいほう》を可決《かけつ》した時の自衛隊の総隊員数は、全国に二五万人ほどだったはず。

素人考えだが、その全員が戦闘要員ではないだろうし、ダンジョンの防衛ができる人員もそう多くないはずだ。

「さて、国連の研究機関の発表では、ダンジョンは海底では存在が確認されていません。また、地震が多い地域であっても、人口密集地域には存在しません」

「ふむ……」

俺は相槌《あいづち》を打ちながら、再びパンフレットに目を落とす。

日本の次にダンジョンが多いのはアメリカだと書かれている。場所は西海岸に集中しているようだ。後は、世界でも人があまり足を踏み入れない場所にあるようだが、そこに規則性を見出《みいだ》すことはできない。

ちなみに、日本の隣の大陸に存在する新興国《しんこうこく》、『レムリア帝国』の領土には一つも存在しない。

あそこも地震はそれなりにあるはずだが、不思議なものだな。

「日本では、繁華街《はんかがい》にこそダンジョンは出現していませんが、農村地帯には出現しています。そこで日本政府は、人々の生活を守るために出現地周辺の土地を権利者から買い取り管理しています」

「ふむ……」

まあ合理的ではある。

ダンジョンに勝手に入って怪我《けが》でもされて、政治批判の種にされたら困るというのが本音だと思うが……。

「さて、ここからが本題です。探索者というのは、政府が管理しているダンジョンに潜って魔物を間引く仕事です」

「なるほど……」

つまり探索者とはダンジョンの深層《しんそう》に向けて攻略を進めるのではなく、あくまでも現状維持に努める職業のようだ。それはそのまま政府の方針でもあるのだろう。

そうなると、探索者の実入《みい》りはそんなに多くないのでは？　と俺は推測した。

ゲームなどでは、厳しいダンジョンを攻略するほど稼げるお金が増えるのが一般的なルールだ。

だが、現実はそんなに甘くない。

ゲームのようにリセットのできない死の危険が存在している以上、ダンジョンで無理をするのは愚かな行為だ。間引きだけで十分だと思うのが至極真っ当だろう。

「あの……、ダンジョンで探索する人の稼ぎは良いと聞いたのですが……」

佐々木が手を挙げながら質問を口にしていた。

すると山根は、俺たちの後方に一瞬視線を向けた。

俺は後ろをさりげなく確認するが、外へ通じる扉と映写機《えいしゃき》を扱っている自衛官がいるだけで、何か変わった様子はないように思える。

「……」

「パンフレットの後ろから三ページめをご覧ください」

山根は俺が前に視線を戻したタイミングで語り掛けて来た。

彼に目を付けられてしまっただろうか……。

四一歳の中年が自衛隊に入れる訳でもないし、探索者にも興味はないから別に構わないだろう。

今日は、あくまで佐々木の付き添いで来ただけだ。

悪目立ちしないよう最低限の節度ある対応だけしていればいいか、と考えていると、スクリーンに画像が映し出された。

スクリーンの切り替えができるかどうかを目で確認していたというところだろうか？

少し詮索《せんさく》しすぎていたようだ。

「ダンジョン探索者の主な収入源《しゅうにゅうげん》は、モンスターコア……俗にダンジョンコアとも呼ばれる物です」

「モンスターコア？」

佐々木が疑問の声を発する。山根氏は頷きながら、スクリーンの文字に指示棒を向けた。

「モンスターコアというのは、ダンジョン内で徘徊《はいかい》しているモンスターを動かしている核……。人間でいうところの心臓《しんぞう》部です。これはモンスターを倒すことで手に入れることができます」

「あの！　いくらで買い取るとかは書いていませんが……」

「モンスターコアは、下層のモンスターほど良質な物を出すようになります」

スクリーンが切り替わり、いくつもの色合いの違う石が映し出される。

「一番質が悪い物が、石炭に似た色の物です。一個一〇〇円程度です」

その言葉に佐々木が「安っ！」と、声に出していた。

ちなみに俺も心の中で安いと思っていた。

そして、佐々木と俺が思っていたことは受講者も全員が思っていたようで、誰もが困惑した表情を浮かべていた。

そのうち、受講者同士で「探索者って稼げるって聞いたのに！」などと勝手に話し始めた。

その様子を見て俺は溜息をついた。プレゼンの仕方がなっていないな。

「皆さん、落ち着いてください！」

「山岸先輩、聞きました？　モンスターコアが一〇〇円らしいっすよ」

木を見て森を想像するのもいいが、話は最後まで聞かなければ。問題は山根にもある。プロジェクターを使って説明をするなら、料金表の一覧も作っておくべきだろうに。

「佐々木、山根さんは色の違う石を見せていた。つまり、そういうことだ」

「どういうことですか？」

「だから、石の色や質によって買い取り価格が異なるって言っているんだ」

あえて強めの声で言うと、会場がシーンと静まり返った。全員の視線が俺に向けられる。

山根もじっと見つめて来ている。

仕方ない……、パンフレットは読み終えたし、それに早く帰りたい。俺が助け船を出してやるか。

「少し発言してもよろしいでしょうか？」

「はい」

「山根二等陸尉殿は――」

「分かりました。山根さん、モンスターコアの買い取り価格の一覧表などがあればプロジェクターを通してスクリーンに投影していただけませんでしょうか？　口頭で説明するよりも視覚的に訴えた方が分かりやすいと思うので」

「山根で結構です」

俺の言葉に、山根氏は頷く。予想通り、スクリーンにモンスターコアの買い取り価格一覧が表示された。

＝＝＝＝＝＝＝＝＝＝＝＝＝＝＝＝＝＝＝＝＝＝＝＝＝＝＝＝＝＝＝＝＝＝＝＝＝＝

モンスターコア買い取り価格

黒…一〇〇円　赤…五〇〇円

橙…千円　黄…二千円　黄緑…五千円

緑…一万円　青…五万円

＝＝＝＝＝＝＝＝＝＝＝＝＝＝＝＝＝＝＝＝＝＝＝＝＝＝＝＝＝＝＝＝＝＝＝＝＝＝

……なるほど、黒を除けば色相環《しきそうかん》に沿って高くなる、といったところか？

「買い取り価格は、このようになっています」

「探索初心者は普通、一日でいくらくらい稼げるんですか？」

どうやら、価格一覧が提示されたことで受講者にも考えるという余力が生まれたようだ。

それにしても、どうやら山根が軍曹よりも階級が低いという予想が、俄然信憑性《がぜんしんぴょうせい》を帯びて来たな。

何故なら、俺の考える軍曹は勝手に喋り出した新人を「黙って聞け！」と一喝するような厳しい存在だからだ。それもできず慌てている山根は、きっとまだまだ階級も実力も低い新人といったところなのではないだろうか。

まあ山根の若さなら一般の企業では係長補佐くらいだろうから、仕方ないか。

俺は再びパンフレットを見た。

政府の許可を受けた探索者といえど、ダンジョン内ではいくつかの規約に縛られている。

まず、ダンジョン内での犯罪は日本の法律で裁かれるということ。これは当たり前だろう。

……後は要約すればこんな感じだ。

一つ、ダンジョンで使う目的であっても、刃物の携帯は登録が必要。かつ成人している者のみ携帯を許可される。

一つ、探索者登録をする際、所定のカウンセリングを受けなければならない。また、月に一回同様のカウンセリングを受けること。

一つ、前科のある者は探索者になることはできない。

一つ、外国籍の者は探索者になることができない。また、日本国籍を有していても、日本語での意思疎通ができない者も不可。

一つ、ダンジョン内で負傷・死亡した場合は自己責任。

一つ、ダンジョンでの取得物は一度、ダンジョン探索者協会へ全てを提出し審査を受けること。

一つ、ダンジョンでの取得物の売買は、協会主催のオークションで行うこと。無断で流通させた場合は、三〇年以下の懲役《ちょうえき》もしくは五億円以下の罰金刑に処する。

——罰金五億円って……。またとんでもない額だな。

それよりも、外国籍だと探索者になれないというのは聞いたことがない。

ダンジョンが出現してから五年の間に色々あったのか？

「それでは説明は以上となります。この後、探索者になることを希望される方は、今回の講習のためにカウンセラーの先生が来ていますので申し出てください」

どうやら、山根の方も説明が終わったようだな。

パンフレットには一部の重要な注意事項だけが書かれていて、後はインターネットのサイトで確認してくださいということらしかった。

重要なことを一度に全て覚えようとしても、一度で覚えられるほど人間賢くできていない。

残りはネットで、というのは理に適《かな》っていると言える。

「山岸先輩」

佐々木がおずおずと話し掛けて来た。

「どうした？」

「俺、カウンセリングを受けて来てもいいですか？」

「別に構わないが……」

「山岸先輩はどうしますか？」

「俺は帰る」

俺の声にまたも視線が向けられた。

だからあまり目立ちたくないんだが……。

「先輩も、探索者は稼げる職業だって聞いていましたよね？　青いモンスターコアを一個手に入れるだけで五万円ですよ！　五万円！　一日一個で五万円ということは……」

「一ヶ月出勤して月額一五〇万と考えているのか？」

「はい！」

「そうか！　頑張れよ！」

俺は佐々木の肩を叩き、パイプ椅子から立ち上がった。付き合っていられない。

「先輩、待っててくれるんじゃ？」

「待つ訳がないだろ。講習会は終わった。つまり、俺の役目も終わりってことだ」

「ええー」

「ええー、じゃない。これから探索者稼業、頑張れよ」

俺は社交辞令を言って体育館から出た。

寒い体育館の中でずっと座っていたから、そろそろトイレに行きたい。

問題はトイレの場所が分からないことだな。

きょろきょろと周囲を見回していると、誰かが話し掛けて来た。

「失礼。山岸さん、でよろしかったでしょうか？」

「はい」

後ろから話し掛けて来たのは山根だ。

「先ほどは、ありがとうございました」

「いいえ、お気になさらず」

ずいぶんと低姿勢な人だ。

普通、助け船であっても教えられる側の人間に会話の主導を握られたら、司会としては不満を抱きそうなものだが。

「山岸さんは、探索者にはなられないのですか？」

「今日は後輩の付き添いだけでしたので。私自身は、特に興味はありません」

「収入になるとしてもですか？」

「はい。それに危険が付きまとう仕事は私には向いていないと思いますので」

山根の低姿勢につられ、俺もいつもより腰が低くなる。

「そうですか。山岸さんなら優秀な探索者になられると思いましたので」

どうして俺をそこまで買ってくれているのか分からないが、正直に言わせて貰えば、さっさと帰りたい。

何が悲しくて寒空の中、尿意を我慢しながら男二人で会話をしないといけないのか。

「それは買い被《かぶ》りというものです。それでは、失礼いたします」

俺は無理やり会話を切ってその場を後にした。

「山根二尉」

「金村《かなむら》三佐、どうかなさいましたか？」

「いや、少し気になって追い掛けて来たのだ」

「そうですか……」

「あの男に何かあったのか？」

「そうですね……。講習会の時、私はわざと参加者の解決能力を試しました」

「例のモンスターコアの買い取りの時だな？」

「はい」

同意し頷きながら、山根の視線はゲートを潜り抜けて去って行く山岸の背中に向けられている。

「あの山岸という男は、問題解決能力が高いです。以前に何をしていたのかは分かりませんが、ある程度は裁量《さいりょう》を与えられた上で相手が何を求めているのか、そしてどうすれば解決できるのかという判断を瞬時に下せるだけの訓練を受けて来たのでは」

「ふむ……。つまり、探索者向きというわけか」

「はい。探索者はダンジョンという閉鎖空間において、状況に応じて最適な行動を瞬時に導き出さなくてはいけません。それができなければ死ぬことになりますから」

「そうだな。それで彼を探索者にスカウトしようとしたのか？」

「私としては、うちのダンジョン攻略班に欲しかったのですが……。それに彼はどことなく普通とは違うような感じがしたので」

「ふむ」

「ダンジョン攻略期日まで時間が差し迫っている現状、少しでも優秀な人材が必要です。それにレベルが上がれば、年齢による肉体の衰えは問題なくなります」

「そうだな……。それなら、統幕長《とうばくちょう》に掛け合ってみるか？」

「統幕長に⁉」

「欲しい人材なら、それなりに動く必要があるだろう？」

●

後輩の佐々木に誘われ、下志津駐屯地のダンジョン講習会に参加してから三週間。

無職の俺は就活の真っ最中であった。

「それにしても、ハロワの求人は給料が安いものばかりだよな……」

ハロワのパソコンに表示される賃金は、最低賃金で月額を算出したのか？　と、ツッコミを入れたくなるものばかりだ。

時おり、デスクワークかコールセンターの仕事でいいものがあって窓口に持って行っても、窓口で担当員から「この求人は女性専用ですね！」と言われるのだ。

俺が女性のみの募集と特記されていないことを尋ねると、決まって「書類上は男女募集にしておかないと駄目なんですよ」と説明される。

そんなもの、最初からきちんと書いておけ！　と、言いたくなる。

苛立《いらだ》ちを抑えながら椅子に座って順番を待っていると、スマホが振動した。見ると、新着のメールが一〇件と表示されている。その半分はお祈りメールであった。

『貴殿のますますのご活躍を～』というあれだ。

就職できていないのだから、今後のご活躍も何もあったものではないと思うのは俺だけだろうか？　ご活躍を祈るくらいなら採用してくれと思ってしまう。

……それにしても妙だな。

俺が面接に行った件数は三週間で二〇件近い。その全てにお祈りメールが来ている。これまでは同じ職種なら多少なりとも手応えがあったというのに。

何か呪われているのか……。

とりあえず気を取り直してスマホを見直す。

「後の五件は……」

派遣会社からの『登録会に来てください』という件名のメールが届いていた。

「登録会か……」

正直、派遣会社の登録会というのは本当に意味があるのか？　と、思う。

行ったところで待っているのは中抜きだらけで正当な賃金が貰えない仕事だ。

なんというか、いつでも首を切っていいから、労働者に寄生する派遣会社を通さずに高い給料で直接雇用してくれと俺は思っている。

そう、いつ首を切ってもいいから、せめて高い給料で雇ってくれと！

こんなだからいつまで経っても日本の経済は上向きにならないんだ。

脳内で愚痴ってから、俺は椅子から立ち上がり整理券の番号を確認した。呼ばれるまでまだまだ時間が掛かりそうだ。

「すみません」

「はい。何でしょうか？」

受付担当者が俺を見て来る。

「申し訳ありません。急用ができたのでキャンセルしていただけますか？」

「かしこまりました」

受付担当者に整理券を渡して建物から出る。

「さてと……」

俺はバスを待っている間に登録会について詳しい内容を確認する。

「ん？」

俺は、メールを見て眉間に皺《しわ》を寄せた。

「このご時世《じせい》に、履歴書《りれきしょ》を持って来いとか……」

まったく、いつの時代の話だ。前時代的にもほどがあるだろうに……。今の時代、大体ネットでの登録が主流だぞ。

俺が普段利用しているサイトも、履歴書は全部ＷＥＢで送信可能だし。

「仕方ないな……」

先方は履歴書が欲しいと言っているのだ。それなら持って行くしかないだろう。時給も二四〇〇円と一番高い仕事だから、多少は折れてやってもいいか。

二〇分弱バスに揺られて自宅に着く。

登録会といえど五件ともなれば、色々と準備が必要になる。

「まずは履歴書だな」

１ＤＫのアパートに入り、真っ先に向かったのはワークデスクだ。

男の一人暮らしの割には片付いていると自負する部屋では、必要以上の物は買わないし、捨てる時はバッサリと捨てるようにしているため、こうしてデスクに必要になりそうな物を纏《まと》めておけばすぐに捜し出せるという訳だ。

「履歴書は確か引き出しに……」

引き出しに手を掛けて引こうとするも、何故か開かない。

鍵が掛かるような上等な物ではないはずなんだが、中で何か詰まっているのだろうか？

「仕方ないな……」

普通には開かないならテクニックで開けてみせよう。マイナスドライバーを隙間に無理やり突っ込み、テコの原理で引きずり出した。

ガコッ！　と、いう音と共に引き出しが開く。

「まったく、手間を取らせやがって……」

中に視線を落とす。そこには当然、履歴書が……。

そして、俺は思わず引き出しを閉じた。

「………見間違いか？　俺にはそんな趣味はなかったはずだが……」

もう一度、開ける。

引き出しの中には、たくさんの通路や部屋のミニチュアがあった。その上では、一センチほどのミニチュアが蠢《うごめ》いているのであった。

「なんだ、これは……まるで……」

——そう、これはまるで……ダンジョンじゃないか。

サイズは非常に小さいが、講習会で説明していたダンジョンに、形がそっくりだ。

「これって本物か？　いや、でもな……」

どう見ても、玩具《おもちゃ》にしか見えない。

襲って来るモンスターもいないし、仮に俺を攻撃しようとしても、人さし指で押し潰せそうだ。

「いや、落ち着け。三週間も仕事が決まらなくて、きっと疲れているに違いない。まずは一旦、風呂に入ってから仮眠でも取ろう」

疲れている時に無理に動いてもいいことはないだろう。

俺は引き出しを閉め、風呂に入って仮眠を取った。

——そして……。夜に起き、再びワークデスクの引き出しを開ける。

そこにはやはり、ミニチュアのダンジョンが存在していた。

「夢じゃ……ないのか……」

俺は眉間を人さし指と親指で揉《も》みながら溜息をつく。

一体、俺の家に何が起きているんだ？

「とにかく落ち着こう」

急いでもいいことは何もない。

引き出しを閉め、温かいココアを入れて一息つくことにした。

「……さて」

まずはデスクがどこまでおかしなことになっているのか、確認する必要がある。

ダンジョンは本物か。そして、他の段の引き出しはどうなっているのか、だ。

二段目と三段目を開くも、すんなり開いた上に特におかしなものは見受けられなかった。

おかしくなっているのは一段目だけらしい。

後はダンジョンが本物か確認しなければならないのだが……。

俺は机に肘を突いて考えた。それ以上に優先すべきことが、今の俺にはある。

それは登録会に行かなければならないのに、履歴書も、一緒にしまっていた証明写真も、全て消えてしまったということだ。

まったく、冗談じゃない。この寒空の下、深夜に出歩かなければならないなんて。

俺は渋々コートを着て家を出た。

履歴書を購入し、店先の証明写真機で写真を撮る。

家に帰って履歴書を書き終えたのは、およそ一時間後。

「ええと、登録会の場所は……」

メールを確認すると、未開封のメールが五通あった。件名を見て眉をひそめる。

五通とも判を押したように、【登録会につきましてのお詫《わ》び】と書かれている。

『先にお送りいたしました登録会のご案内でございますが、山岸様のご希望されていた職種は、諸事情によりご案内が不可能となりました。このような事態になってしまいましたこと、大変申し訳ありません』

このような内容が五社から届いている。一社だけなら分からなくもないが、五社同時はおかしくないか？。

「まさか……国家権力か!? 国家が俺の就職を拒んでいるのか!? ……まぁ、そんな訳ないよな……。常識的に考えて、たかが一市民を相手に、国家が就職の妨害なんてして来る訳がない」

きっと俺に、何か落ち度があったに違いない。それか、たまたま運が悪かっただけだろう。

「明日からすることがなくなったな」

仕方ない。何かゲームでもするか。

「何か面白いゲームは……」

ネットブラウザを開き、適当に情報を漁《あさ》って行く。

「……そういえば……」

引き出しを見る。あえて意識しないようにしていたのだが、登録会もなくなったし、こちらに目を向けなければいけないだろう。

「えっと……【ミニチュアダンジョン】【机】【自宅】……と……」

検索ボタンを押して、俺以外に机の引き出しがミニチュアダンジョンになっている人間を調べるが検索結果は六四万件超え。

あまりにも件数が膨大すぎる。

追加で【モンスター】【置物】【動いている】と入力して検索すると、検索結果は0件になる。

「手がかりなし、か……」

次は【ダンジョン】と検索するが四千万件とヒット件数が表示される。

これでは全部を確認できないが、トップに来たサイトに目を引かれた。

「日本ダンジョン探索者協会のホームページか」

とりあえずクリックしてみると、お役所特有の無駄に凝った見栄えのページが表示された。

ごちゃごちゃとして見づらいが、その中から重要な項目……『ダンジョンについて』という部分を捜し出しクリックした。

すると日本地図が表示され、全国のダンジョンの分布が表示された。これを見る限り、都会以外は満遍《まんべん》なくダンジョンが配置されている印象だ。ただ、地方であっても比較的人口が密集していそうな地域には存在していない。

千葉を拡大してみるが、当然、俺の家の周辺にもダンジョンはない。

どうやら、俺の机に現れたダンジョンについて、日本ダンジョン探索者協会は知らないらしい。

まあ、本当に本物のダンジョンならという前提になるが、俺だって今日まで気付かなかったのだから、当たり前か……。

次に、『探索者の方へ』という項目をクリックする。

「ダンジョン内でモンスターを倒せばレベルが上がり、身体能力も向上する。ダンジョン内では自分のステータスも閲覧《えつらん》できる……」

つまり、これが本物のダンジョンなら、蠢いているモンスターらしきミニチュアを倒せばなんらかの変化が起きるということだ。

未《いま》だ半信半疑ではあるが、身体能力が上がるだけでも十分有り難い。

最近、太ったせいで腰が痛いんだよな……。

「……試しにやってみるか」

引き出しを開けると、相変わらずミニチュアのダンジョンの上には一センチほどのモンスターたちが蠢いていた。小さいが、それぞれが生き物のように動いている。

見た目がリアルなのもあり、ナマっぽいものを潰すのはなんとなく気が引ける。

「とりあえず、罪悪感《ざいあくかん》の湧かないコイツから……」

木の置物のようなものを人さし指で押してみた。プチッという音と、木製チップを押し潰したような感触が指先から伝わって来る。

——LV．877《狂乱《きょうらん》の神霊樹《しんれいじゅ》》を討伐しました。

——レベルが上がりました。ポイントを1手に入れました。

——レベルが上がりました。ポイントを1手に入れました。

——レベルが上がりました。ポイントを1手に入れました。

——レベルが上がりました。ポイントを1手に入れました。

——レベルが上がりました。ポイントを1手に入れました。

——レベルが上がりました。ポイントを1手に入れました……。


「うるさっ⁉」

思わず耳を覆うほどの声が響く。この部屋は壁が薄い。こんな時間にうるさくしては怒られかねない。しばらく焦っていると、途端に声が鳴りやんだ。

「ようやくか……」

深夜だというのに迷惑すぎる。

「ん？　なんだ……これ……」

視界の端に変なものが見えた。何度か瞼《まぶた》を開けて閉じるが、変わらない。

どうやらそれは、レベルとHP、そしてMPのようだった。

その下には**【ステータス】【魔法】【スキル】【システム】**と書かれたボタンが表示されていた。

心なしか、体がいつもより軽い気がする。お腹《なか》が出ているのは変わらないが……。

「レベル41、HP410、MP410……？　まるで、ゲームみたいだな……」

どうやらこれがステータスらしいが、だとすればおかしい。

日本ダンジョン探索者協会のホームページでは、ダンジョン内に入らないとレベルは見えないと記載されていた。そして、閲覧のためにはダンジョン内で『ステータス』と口にしないといけないはずだ。

俺みたくHPやMPが視界の隅に表示される訳でもないらしく、明らかに異常だった。

「ゲームのように見えるけど、これってどうやって選択するんだ？」

試しに指でボタンを触っても、なんの変化も起きない。

ただ、なんとなくだが、レベルやゲージ、アイコンの配置などには既視感がある。必死で記憶を探るも、すぐに諦めた。

「駄目だ、思い出せない。それよりも、これをどうすればいいのか考えるか」

【ステータス】のボタンを押そうと考えた瞬間、緑色だったそれが黒く変色し、視界内に半透明のウィンドウが表示された。

名前：山岸直人　年齢：41歳　身長：162センチ　体重：102キログラム
レベル：41　HP：410／410　MP：410／410

体力：17（＋）　敏捷《びんしょう》：11（＋）　腕力：16（＋）　魔力：0（＋）　幸運：0（＋）　魅力《みりょく》：0（＋）
所有ポイント：40

「…………なるほど……？」

なんとなくだが、これが今の俺の身体能力を数値化したものだと分かった。

体力、敏捷、腕力については、一般人の平均値がどれくらいか分からないから、高いのか低いのか判断が付かない。魔力は魔法が存在しない世界なんだから、魔力がなくて当たり前だと思うことにする。だが、解《げ》せないことがある。

それは魅力と幸運が0という点だ！

特に、俺に魅力がまったくないというのは明らかにおかしい。

こう見えても俺は会社での人付き合いは（表面上は）きちんとしているはずだ。

トラブルの際は頼られたりすることもある。

それなのに魅力が0というのは、システム上のバグなのか？　とさえ思える。

あるいは、普通の探索者とは違う手段でレベルアップしているからなのだろうか。

そんな考察をしていると、スマホが着信音を鳴らした。

誰だ、こんな深夜に電話をかけて来る奴は？

万が一重要な連絡だった場合を考え、仕方なく俺は電話に出た。

「はい。山岸ですが――」

『佐々木です！　先輩、大変なんですよ！　助けてください！』

電話口からは切羽詰まった佐々木の声が聞こえて来た。何か違和感がある気がする。いつもより声が甲高《かんだか》く、女性のようだ。一瞬誰か分からなかった。

「俺とお前は既に派遣会社の先輩と後輩という立場ではない。大人なら自分でなんとかしろ」

そう突き放して元・同僚であり元・後輩からの電話を切った。

まったく、常識のない奴だ。

そもそも、俺はあいつの友達じゃないというのに。……まあ、そもそも俺に友達はいないのだが。携帯電話を買い換《か》える度に今まで付き合いがあった人間に連絡先を教えるのが面倒、という理由で、都度《つど》関係をリセットして来た。だから、今のスマホに入っているのも、クリスタルグループの関係者と親兄弟くらいだ。

「ふむ……」

それにしても、やはり俺の魅力が0ということについてはバグなんじゃないだろうか。他の探索者に聞いて調査すべきか……。

と、考察していると、
トゥルルルル――。

またか。

「……はい、山岸ですが」

『先輩！　本当に大変なんですよ！』

「はぁー……。お前、俺の話を聞いていたのか？　俺はもう先輩じゃないし、お前もいい年をした大人だろ。自分のことくらい、自分でなんとかしろ」

『で、でも！』

ピッ！

またも通話を打ち切り、ついでにスマホの電源も落としておく。

溜息をついた後、俺は改めてステータスを開いた。

先ほどから気になっているのが、『所有ポイント：40』という項目だ。

おそらくこれは《狂乱の神霊樹》とやらを倒し、レベルが上がった際に手に入れたポイントだ。

そして、その使いみちは、ゲームのような画面であることを鑑《かんが》みれば自ずと予想は付く。

とりあえず体力の横に表示されている（＋）のアイコンを、クリックするようにイメージする。

どうやら視界内に見えているボタンやアイコンは、意識するだけで選択できるらしい。

「とりあえず体力に、所有ポイントを1だけ振ってみるか」

ステータスの項目の体力：18（＋）に所有ポイントを1だけ振ってみる。

すると、所有ポイントが1ポイント減少する代わりに体力の数字が18から19へと変化した。

残りの所有ポイントは39だ。

「やっぱりか」

予想通り所有ポイントを消費し、体力が1上がったのはいいのだが、問題が一つ。このステータス、(＋)はあるのだが(－)がない。つまり、一度上げれば取り消しはできないという点だ。
「そうなると、どのステータスにポイントを振るのか慎重に考えないといけないな……」

ポイントは残り39ポイント。無駄にする訳にはいかない。

今後のことも考え、俺は――、

「よし！　上げるステータスは決めた！」

早速、所有するポイントを、魅力に全て振った。

「これで魅力は39か」

所有ポイントは0ポイントになってしまった。

「……まあ、本当に効果があるか分からないが……。もしかしたら魅力があれば、就職にも有利かもしれないからな」

俺は独り言《ひとりごと》ちながら何度も頷く。

断じて異性に好かれたいなどという不純な考えではない。

女性と付き合っても時間とお金が浪費されるだけ。これは、ネットを含めた実体験から明らかだ。

そう、あくまでも就職面接を有利に働かせるためにすぎない！　……ということを念頭に置いておこう。

「念のため、もう少しステータスを強化しておくか」

上げた数値に、本当に意味があるかは分からないが……。

引き出しを開けてミニチュアダンジョンを見下ろす。なるべく強そうな奴を探すと、黒いトカゲのようなモンスターが目に入った。

動物だと考えると抵抗があるが、西洋のドラゴンのような怪物っぽい外見なので若干それも軽減された。

人さし指で潰すと、小気味よい感触と共にモンスターは消えた。

すると突然、視界内に半透明のウィンドウが開き、

——LV．671《ダークドラゴン》を討伐しました。


と表示された。

《狂乱の神霊樹》を倒した時は大きな音が聞こえて来たが、今回はそれがない。

その代わり、目の前のウィンドウには、洪水《こうずい》のようにレベルアップを知らせる表示が流れ続ける。

それに合わせ、視界の左上に表示されたレベルも目まぐるしく上昇して行く。

「レベル64……。一気に上がったな。問題は所有ポイントだが」

ステータスの所有ポイントの欄には、23と表示されている。

これは数値の検証のために残しておいて、面接になったら面接官の前でステータスを変えて反応を見てみることにするか。

ここは千葉港駅《ちばみなと》から歩くこと一〇分のハローワーク。番号札を取った俺は、自分が呼ばれるのをベンチに座って待っていた。

「11番の番号札をお持ちの方ー」

窓口から声が聞こえて来る。俺は立ち上がり、のそのそと歩いて行った。

「こんにちは」

指定された窓口に座ると、五〇過ぎくらいの男性職員が迎えてくれた。

「よろしくお願いします」

軽く挨拶《あいさつ》を交わす。

別に挨拶をする必要はないかもしれないが、こういう細かなことも社会人として円滑《えんかつ》にやって行くために必要だと思っている。自分に利がありそうな人間に愛想良く振る舞い、気持ち良く仕事をして貰えば、良い結果にも繋がる。

俺が大切にしている処世術《しょせいじゅつ》だ。

「それでは拝見いたします」

俺が差し出したクリアファイルを、『内山田《うちやまだ》』という名札を付けた男性職員が見て行く。

しばらく見てから「照会します」と言い、パソコンを打ち始めると、突然、内山田氏が眉間に皺を寄せた。

「何かありましたか？」

書類の内容に関して問題でもあったのかと思い問い掛ける。

「い、いえ。少し、お待ちください」

内山田氏は立ち上がり、所内の奥に座る偉そうな男性の所へ何やら報告している。

俺からは職員のパソコン画面が見えない。求人についての詳細が載っているらしいのだが、そこに報告が必要な良くないことでも書かれていたのだろうか。

数分すると、内山田氏が戻って来た。

「お待たせしました」

「いえ。それで、どうですか?」

俺の問いに、内山田氏は気まずそうな声で答えた。

「それが……、ご希望いただいている企業は全て、女性のみの募集らしく……」

またか、とうんざりしてしまう。

「そんなこと、募集欄には書かれていませんでしたが?」

「ええ……。法律で、男性のみや女性のみといった募集はできなくなっておりまして」

「そうですか……」

この答えも先日と全く同じだ。それにしても、全滅とは……。これではステータスの検証どころではない。

「で、ですが!」

「はい?」

いきなり俺の手を内山田氏が握って来た。心なしかその顔は上気し、興奮しているようだ。

「山岸さんは現在、扶養《ふよう》されている方がいないとか」

「え、ええ……まあ……」

俺は若干引き気味になりながら何度も頷く。

というより、さっさと手を離してくれ！

「うちの娘など嫁にどうですか？」

突然、耳を疑う言葉が飛び出た。いきなり何を言い出すんだ。

「い、いえ、結構です」

どうして、ハローワークの窓口で、いきなり結婚斡旋《あっせん》をされないといけないのか。

即断るも、内山田氏はしつこく食い下がろうとする。

立ち上がった俺の腕を、カウンターから乗り出しながらなおも掴んでいるのだ。

「そこをなんとか！　うちの娘はまだ二七歳でして、気立ても良く、山岸さんもきっと気に入るかと……！」

「いえ、間に合ってますので！　し、失礼します！」

俺は腕を振りほどいて逃げ出した。

なおも「山岸さーん」と背中に飛んで来る声を無視し、ハローワークを出て入り口脇のベンチに腰を下ろす。

「はぁ……。一体なんなんだ。ハロワの職員が、どうして俺のプライベートに首を突っ込むんだ」

普通に考えて、内山田氏の行為は免職《めんしょく》されても文句の言えないレベルのあり得なさだった。

「ん……？」

顔を上げると、母親と手を繋いだ少女がこちらをじっと見つめて来ていた。五歳くらいだろうか。くりっとした大きな瞳が可愛らしい。

不審者《ふしんしゃ》だと思われたくないので、あまり見つめすぎないよう目を逸《そ》らそうとした瞬間、少女が母親の手を離してこちらに駆けて来た。

そして、

「おじしゃん、しゅき！」

「はあ!?」

少女は腕を広げ、俺に飛び込むようにして抱き付いて来た！

突然の事態に、俺も少女の母親も、通行人たちも固まっている。

そして、少女の母親が我に返り、「うちの娘に何してるのよ!?」と、絶叫《ぜっきょう》した。

その声に、周囲の目は疑惑と侮蔑《ぶべつ》を含んだものに変わる。

弁解《べんかい》しようとしていると、

「ママっ！　私、おじしゃんと結婚しゅる！」

と、少女がとんでもないことを言い出すので、母親はさらにヒートアップした。

「アナタ！　娘になんてことをしてくれてるのよ!?」

「何もしていない！　そ、そもそも、俺は座っていただけだ！」

完全に言いがかりだ。

「なら娘を返しなさいよ！」

ヒステリックに叫ぶ母親。

俺は溜息をつき、膝に乗った少女に視線を落とした。

「あー、君。俺と君とでは歳《とし》の差がありすぎる。このままだと、俺は塀《へい》の中に入ることになるから、下りてママの所に行ってくれないかな？」

「結婚しゅればだいじょうぶ！」

大丈夫じゃないだろ、問題大ありだ！

そんなことをすれば、俺が社会的に死んでしまう。

俺は立ち上がり、少女を無理やりに母親に押し付けて駅に向かって走った。

一〇秒も走れば息が乱れて苦しくなったが、「おじしゃーん！」という声を振り切るために頑張って走った。

やがてその声も聞こえなくなり、安堵《あんど》の溜息をつく。

「なんなんだ……？」

ハロワの辺りからおかしなことばかり起きている。

「ま、まさか……!?」

俺の頭に天啓が下りてきた。

これは、魅力の数値を上げたことによる作用なのでは？

いや、ここまで来るとそうとしか考えられない。

誰かに声を掛けられる前に、俺は小走りで駅を抜けて、人がほとんど乗っていないモノレールに飛び乗った。

「おいおい、なんなんだまったく……」

目の前に表示された半透明のウィンドウ。そこに表示された文字を見て、俺は思わず心の内を声に出してしまっていた。


――スキル《ロリ王LV．1》を手に入れました。


なんだよ……《ロリ王》って……。

俺はそんな目で、小さな女の子を見たことなんて一度もない。少なくとも、子供を守るのが大人の役目だということくらい理解しているつもりだ。

「はぁー……」

溜息しか出ない。

俺の憂鬱《ゆううつ》な気持ちと共に、都市モノレールは静かに走り続ける。そして停車し、大勢の人間が乗り込んで来た。

若い女性の声が響く。どうやら友達とのお喋《しゃべ》りに夢中になっているらしい。

「ねえ、あの人……」

「うんうん。すごくイケてない？」

「ちょい小太りだけど、イケてるよね！」

「むしろお腹とか好みかも！」

声がした方へ視線を向ける。

高校生と思《おぼ》しき少女たちが、俺の方を見て何やら話している。だが、俺の視線に気付くと露骨《ろこつ》に顔を背《そむ》けられた。

いや、気のせいか……。

さすがに俺がイケているというのは……。

「いや、待てよ」

またも天啓。これも魅力のステータスのおかげだとすれば……。

魅力のステータスを上げ続ければ、金持ちの女性のヒモにもなれるんじゃないか？

降って湧いた黒い考えをしかし、俺は頭を振って追い出した。

そんなもの、まったくもってくだらない。

たとえステータスを上げて誰かに好かれても、それは本物の好意ではないだろうし、第一他人の気持ちを悪用するなんて反吐《へど》が出る。

俺はそういうのが一番嫌いなんだ。

一瞬でも馬鹿なことを思い浮かべた自分への嫌悪に陥っていると、突如『ピロリンッ♪』という音と共に、半透明のウィンドウが表示された。

また何かろくでもないスキルでも手に入れたのかと思ったが、そこに表示された文字に、俺は思わず目を剥《む》いた。

——ステータスを初期化しますか？（y／n）

それを理解した瞬間、俺は迷わずyを選んでいた。

再び『ピロリンッ♪』という音。周囲は誰も気付いていないらしい。どうやら、俺にしか聞こえない音のようだ。

すぐにステータスを確認すると、全ての数値が初期値に戻っていた。

だが、

▽所有ポイント：23

所有ポイントは戻らず、項目の横に変なマークが付いている。

魅力の数値は問題なく戻っているらしく、女子高生たちは先ほどまでの自分たちを忘れたように、俺のことなど気にも留《と》めなくなった。少しだけ安堵する。

それにしても、どうしてポイントは戻らないのだろうか。少し考えてから、項目の横のマークを選択してみた。

するると、ボタンと同じく▽のマークも黒く変わった。

▼所有ポイント：23
リセット所有ポイント：40　制限解除まで300秒

なるほど、ポイントはすぐにリセットされるのではなく、一時的に待機状態になるらしい。次に振り分けられるようになるのは三〇〇秒、つまり五分後だ。

リセットすればポイントが戻って来るのが分かったのは僥倖《ぎょうこう》だ。

まあ、たとえ戻って来なくても俺はステータスをリセットしていただろうが。

さて、ここから終点までかなり時間がある。今のうちに、システムの詳細を確認しておくか。

知らずに弄《いじ》ってまた騒動になるのは、もうこりごりだ。

まずは左上のレベル、ＨＰ、ＭＰ。これはそのままの意味だろう。

ＨＰが尽きれば死ぬのかどうかは、検証してみないとなんともいえないが、やりたくはない。

次に、視界の下の方に表示されている長方形の四つのボタン。

【ステータス】、【スキル】、【魔法】、【システム】

【ステータス】は、自分のステータスを参照するってことは実証済みだ。

そうすると、次は【スキル】だな……。

【スキル】を選択すると、表示されたウィンドウに俺は思わず小さく唸《うな》ってしまった。


【スキル】
▽《ロリ王LV．1》（＋）
▽《JK交際LV．1》（＋）
▽《#JWOR》

《ロリ王》はリセットされないのか……。それと、《JK交際》って何だよ……。

俺は、そんなこと生まれてこの方一度も……ま、まさか……!?

さっきの女子高生たちが俺を見て噂《うわさ》していた、あれだけで……俺は女子高生となんらかの交際をしたというスキルを手に入れたってのか。

ログを辿《たど》って行くと、確かにリセットよりも前にスキルを手に入れていたことが表示されていた。

ふ、不本意なスキルが二つも……。うっかり第三者が見たら、不審者だと思われるのは避けられない。

すぐになんとかしなければ。

一人焦っていると、またもウィンドウが出て来た。

――スキル《隠蔽《いんぺい》LV．1》を手に入れました。

またタイムリーなスキルが手に入ったな。

効果を確認すると、隠蔽は『第三者に開示されるレベルを偽装する』という効果らしい。今の俺にはうってつけだ。

ただし、スキルはポイントを割り振ると、能力値と違ってリセットはできないようだ。

必要なものは見極めなければならない。とりあえず、《隠蔽》スキルのレベルは可能な限り上げておくのがベストだろう。

スキルのレベルは最大で10。全て割り振ってしまうと今度は能力値が上げられないので、そこは考えものだ。

ついでに他のスキルも見ておこう。文字化けしたようなものもあるが、とりあえず問題のスキルからチェックしておく。

▼「ロリ王LV．1」（＋）
一〇歳以下の女性に有効。視線が合った対象は使用者の虜《とりこ》になる。
▼「JK交際LV．1」（＋）
一五歳から一八歳の女性（女子高生）に有効。視線が合った対象は使用者の虜になる。


これは絶対に上げないでおくか……。

それよりも、JK《高校生》があるということはJC《中学生》やJD《大学生》もあるってことか？

意味は分からないが、色々と考えさせられる。

「後は……これはなんて読むんだ？」
#JWOR？　……ジョーア？
名前からは一切効果が予想できないが、とりあえず説明文を見ればなんとなく分かるはず。

意識を「#JWOR」の横の▽へと向けるが、まったく色が反転しない。

これもバグなのかもしれないが、今はまだ何も分からない。

ひとまず持てるポイントを使って、《隠蔽》のレベルを10にした。残った所有ポイントは54だ。

こんなところだろうか。

文字化けしているものについてはネットで調べればいいだろう。他にも何かヒントがあるかもしれない。

後は【魔法】と【システム】だ。両方とも確認してみたが、【魔法】は、

【魔法】
なし

としか表示されないし、【システム】についてはまったく反応がない。

『次は千城台《ちしろだい》駅』

そうこうしているうちに、そろそろ終点に到着しそうだ。

何気なく外を見ると、駅の前に立っている、あるものが目に入った。

紅白の派手な旗。スクラッチくじのキャンペーンのお知らせらしい。

「……試してみるか」

ステータスを開き、少し考える。

「幸運か……」

このまま仕事が決まらずにいれば、いずれはジリ貧になることは目に見えている。

検証を兼ねてチャレンジしてみるのもいいのではないだろうか。

再びの閃《ひらめ》きに、俺は停車と同時にモノレールを飛び出した。

●

自宅へ向かうタクシーの中で、俺はさっきまでの検証を思い返していた。

何も操作せず、最初に削ったスクラッチは呆気《あっけ》なくハズレ。

過去、年末ジャンボを当てるために三万円ほどつぎ込んだ悪夢が蘇《よみがえ》った。

だが、幸運値を上げてからは目に見えて違った。

寒空の下、小一時間掛けて一〇〇枚ほどのスクラッチを削った結果、なんと六〇万円近い大金を手に入れたのだ！

売り場のご婦人は不正を疑うような、信じられないといった目をしていたが、断じて不正を行った訳ではない。ただステータスを弄《いじ》っただけだ。

一等こそ当たらなかったものの、思わぬ収入に俺はホクホク顔になった。

たまには贅沢《ぜいたく》をしてもいいだろうということでタクシーを利用し、チェーンの牛丼屋で特盛り生卵セットを買って帰っているという訳だ。

そして築三〇年のボロアパートの前に着いたら、以前からやってみたかったことを実行した。

「釣りは要らねえ」

少し芝居がかった口調で一万円札を渡し、颯爽《さっそう》とタクシーを降りる。

何か言いたげな運転手さんを背に、俺は古い金属の階段を上がって行った。

カンカンという音と共に、豪勢《ごうせい》な夕食に思いを馳《は》せる。

普段は節約するために自炊《じすい》していたが、こんなに奮発《ふんぱつ》したのは一体いつぶりだろうか。

自宅の扉が見えた所で、俺ははたと足を止めた。

誰かが廊下に座り込んでいる。しかも、俺の部屋の前じゃないか。

「女……？」

顔はよく見えないが、パーカーを着たその人物は、華奢《きゃしゃ》な体のラインからして女性のようだ。

だが、俺には彼女も女友達もいない。まさかこんな時間にセールスもないだろう。

話し掛けられても無視しよう。何故か、関わるとロクなことがなさそうだと思えた。

通路を歩き、自分の部屋の鍵を開ける。なるべく意識しないようにしながら部屋に入ろうとした瞬間、背後に衝撃と柔らかさを感じた。どうやら、女性が抱き付いて来たらしい。

何かトラブルになる前に弁解しておく。

「ここの借主《かりぬし》は俺ですが、誰かと勘違いしていませんか？」

どんな目的か知らないが、牛丼が冷める前に説得して穏便《おんびん》に帰って貰おう。

だが、俺の目論見《もくろみ》も虚《むな》しく、その女性は信じられないことを口にした。

「先輩！　俺です！　佐々木です！」

「……はあ？」

突然のことに、俺は素《す》っ頓狂《とんきょう》な声を上げていた。

振り返ると、フードを取った女性が俺を見上げていた。

色白の肌に載った栗色の髪の毛が背中までふわっと広がり、大きな黒い瞳が潤んでいる。

薄暗い中でも目立つくらい、とてつもない美女だ。

と同時に、不信感が湧き上がり、俺は急いでドアを閉めようとした。

「お嬢さん、俺はそういう冗談に付き合っていられるほど暇じゃないんだ」

俺の知っている佐々木はもっと背の高い、まぎれもない男だ。それが急に二〇センチ近く縮んで美女になるなんてファンタジー、信じられるはずがない。

確かに佐々木は元々、中性的な顔付きはしていたが、そんなレベルじゃなく佐々木だった頃の面影がない。新手の詐欺《さぎ》か？

ドアの隙間から姿が見えなくなる直前、急にドアが閉まらなくなった。佐々木と名乗った美女が、訪問セールスマンよろしく隙間に足をねじ込んでいる。

「おい、やめろ！　いい加減にしないと警察を呼ぶぞ」

「警察はやめてください！」

「ほう。何か疚《やま》しいことがあるから警察を呼ばれるのが嫌なんじゃないのか？」

「………………あっ!?」

俺の言葉にしばし沈黙していた美女は、突然何かに気付いたように階段の方へ顔を向け、次の瞬間、勝手にドアを開けて部屋へ転がり込んで来た。

突き飛ばされる形で座り込んだ俺を尻目に、ちゃっかり鍵まで閉められてしまう。

「お、おい！」

困惑していると、外からドアが激しく叩かれた。

「おらあ！　ここにいるんだろ!?　出て来いやー！」

「な、なんだ？」

まるで暴力団員のような怒声を上げる人物にたじろぐ。いや、法律があるから暴力団員だって滅多にこんなことはしないだろうが。

そもそも俺に、狙われる理由がない。

非常事態こそ冷静に対処しなければならない。俺はスマホを取り出し、警察署へ通報した。場所と状況を伝え、ついでに外の喧騒《けんそう》もスマホを向けて聴かせる。

これで外の奴らは片付くだろう。

「……さて、君は一体誰なんだ？」

俺は、佐々木と名乗った女性へ視線を向ける。彼女は床に座り、体を丸め震えていた。

「俺は……佐々木です……」

「だから冗談は」

「変なもの飲まされて、女にされたんです！」

ますます意味が分からない。

何かを飲んだだけで性別が変わるなど、それこそファンタジーだ。

証拠もなしに信用はできないので、警察が来たら引き渡すのがベターだろう。

余計なことに首を突っ込んでも俺のためにはならない。

そう考えていると、突然ウィンドウが目の前に表示された。


――スキル《解析《かいせき》ＬＶ．１》を手に入れました。


また欲しいスキルが欲しい時に来たな。

「せんぱい？」

「少し黙っていてくれ」

「は、はい……」

《解析》のスキルは文字通り、『対象の情報を解析・表示する』という効果があるらしい。

他のスキルと違うのは、項目名の横に（ON／●OFF）という文字があることだ。選択を切り替えることで発動し続けるのだろう。どうやら、いわゆるパッシブスキルというものらしかった。

とりあえず発動状態にすると、目の前の女性の近くに半透明のウィンドウが開いた。

名前：佐々木望《のぞみ》

どうやら、名前だけは嘘を言っていないようだが……。

そういえば、男の佐々木の下の名前を覚えていないな。

これ以上の情報を得るためにも、少し《解析》のレベルを上げた方がいいか。

「そこで少し待っていろ」

佐々木を玄関で待たせ、俺はデスクへ向かった。

引き出しを開け、ダンジョンの中から適当なモンスターを見繕《みつくろ》う。赤いドラゴンに似たモンスターを潰すと、

――LV．339《炎竜《えんりゅう》ドラバス》を討伐しました。


と表示され、怒涛《どとう》のレベルアップが始まった。

手に入れたポイントで《解析》をレベル10まで上げ、佐々木の元へ戻った。

「どれどれ」

先ほどとは違い、複数のウィンドウが浮かび上がった。

名前：佐々木望　年齢：21歳　身長：151センチ　体重：46キログラム
レベル：6　HP：14／60　MP：13／60

体力：12（＋）　敏捷：23（＋）　腕力：10（＋）　魔力：0（＋）　幸運：4（＋）　魅力：28（＋）
所有ポイント：6
特記事項
性別：男性↓女性（ヘルメイアの薬を服用）

驚きに目を見開いた。

どうやら、彼女の言っていることは本当らしい。

信じがたいがこの美女は、俺の元・後輩のあの佐々木なのだ。

とすると、先ほど「変なものを飲まされた」と言っていたのも筋が通る。おおかた外で喚《わめ》いているのは、ヘルメイアの薬とやらを飲ませた張本人たちか？

「あの、先輩……？　さっきから一体何を……」

俺にじっと見つめられた佐々木が、気まずそうに声を上げた。

だが、俺は佐々木に構わず、デスクに戻ってパソコンを立ち上げた。

協会のホームページから、協会主催のオークションを開く。ヘルメイアの薬を検索するもヒットしなかった。

これだけの商品数がありながら見つからないということは、存在しないアイテムなのか？

いや、待てよ……。

俺は顎に手を当て、この五年の間にコールセンターで受けた相談を思い出す。探索者からも多くの電話があったはずだ。

だが、顧客から寄せられた相談を参照しても、性別の変更についての記述はなかった。

おそらく一般に流通するようなものではないのだろう。

「となると……」

オークションを抜け、今度は『ダンジョン産アイテム』のページへ飛ぶ。

検索ボックスに【性転換】【薬】と入力。

すると、思った通りの結果が出た。

商品名：性別転換薬
性別を完全に変更できる。
ただし、使用には医師の認可と裁判所の改性許可を取得した後、戸籍変更手続きが必要。

「俺のスキルで見るアイテム名と、協会が把握しているアイテム名は別なのか。いや……そもそもアイテム名が把握しきれていない？」

呟きながらも説明を追って行く。

ダンジョンで手に入れたアイテムは、例外なく協会に提出するルールだったはず。

不正に使用・所持していた場合には、重罪が科せられたはずだ。

ダンジョンで手に入り、通常は出回らないような特別なアイテムということは、佐々木を追って来た連中も探索者、もしくはその関係者ということになる。

無理やりとはいえ、所定の手続きなしで使用した佐々木も罪に問われるかもしれない。だから警察を呼ぶと言った時に反対したのだろう。

――スキル《危険察知ＬＶ．１》を手に入れました。

「ん？　俺は何も……!?」

玄関の方へ視線を向けたのと同時に、台所の窓ガラスが何かで割られた。破片やキッチン回りの小物などが床に散らばる。

窓枠に手が掛けられ、いかにも悪人風の男たちが侵入しようとしている。

床に散らばった物を認識した時、俺は目の前が真っ赤に染まるのを感じた。

――スキル《限界突破ＬＶ．１》を手に入れました。

――スキル《バーサクモードＬＶ．１》を手に入れました。

まだ警察のサイレンは聞こえて来ない。

「仕方ないか……」

だが、ここまでやられたら黙っている訳にはいかない。

俺は引き出しを開ける。

武力で来るなら、武力で返すだけだ。

ミニチュアダンジョンのモンスターたちを手当たり次第に指先で潰して行く。


――LV．320《地竜《ちりゅう》ガンダーラ》を討伐しました。

――LV．1199《オーガーキング》を討伐しました。

――LV．487《妖魔王《ようまおう》ベルゼブブの配下・シャトゥーン》を討伐しました。

――LV．296《ゴブリンキング》を討伐しました。


そして、視界内には【――レベルが上がりました。ポイントを1手に入れました。】というログが流れ続ける。

ログが流れ終わるのを待ちステータスを開く。

手に入れたポイントのほとんどを腕力に振り、69まで上げた。

さらに、新しい二つのスキル、《限界突破》と《バーサクモード》を最大までレベルアップさせる。

激しい物音に、悲鳴を上げてへたり込んでいる佐々木の前に立つ。

「……せんぱい……」

佐々木が俺を見上げる。

俺は、気分が高揚《こうよう》して来るのを感じていた。

「そこにいろ。ここからは、俺の喧嘩《けんか》だ！　俺の大事な物を傷付けたんだ、ただじゃおかねえ。しかも、窓も割られて不法侵入までされてるんだからな。正当防衛ってやつだ！」

「大事な者……先輩……」

何故か佐々木が頬を赤く染めている。

何も変なことを言った覚えはないが……。

「正当防衛だと？　ふざけたこと言ってんじゃねーぞおお！！！」

品のない声が俺の思考を遮《さえぎ》った。

黒く焼いた肌に、唇や鼻の威圧的なピアス。二〇歳かそこらの若造といった男は、激高《げっこう》して窓を一息に乗り越えようとした。

「小僧！　いい度胸だ。歯を食いしばれ！」

俺は腰を落とし、左手を引きながら右手を打ち出す。空手で言う正拳突きだ。

まともに拳を食らった男は後方へ吹き飛び、そのまま柵を越えて悲鳴を上げながら落下した。

「……さて」

俺は玄関のドアを開けた。

外で騒いでいた輩《やから》が一斉に俺を見た。全員の横にウィンドウが現れる。どいつもこいつも、レベル10そこそこの探索者らしい。

つまり、多少の無茶では死なないということだ。

「てめええ！　何をしたのか分かってんのグファッ⁉」

とりあえず掴み掛かって来た男の髪を掴み、壁に顔面を叩き付ける。

「おい、小僧共。警察は呼んだ。大人しくしているなら怪我はさせないが、続けるつもりなら容赦はしないぞ？」

そう、こいつらは俺の大事な物をめちゃくちゃにしたのだ。

俺の大事な、特盛り牛丼生卵付きを！

窓が割られた時、置いていた牛丼は床にぶちまけられ、無残な有様となった。

食い物の恨みは恐ろしいぞ！

「くそがっ！　死にさらせえええええ！」

忠告が聞こえなかったのか、顔に刺青《いれずみ》を彫った金髪の男が折りたたみナイフを向けて突っ込んで来る。

さっきの男もそうだったが、ずいぶんと動きが遅い。

煮え滾《たぎ》る怒りに反して、この事態を冷静《れいせい》に俯瞰《ふかん》しながら、俺はどうすれば効率良く相手を倒せるか思考した。

相手の横に表示されたステータスを考察する。

名前：赤山雄太《あかやまゆうた》　年齢：19歳　身長：182センチ　体重：68キログラム

レベル：13　HP：130／130　MP：130／130
体力：29（＋）　敏捷：28（＋）　腕力：22（＋）　魔力：0（＋）　幸運：2（＋）　魅力：12（＋）

全体的にステータスが俺より高い。

だが、俺はあくまで冷静に処理して行く。

ナイフを握る手に手刀を落とすと、グシャッという音と共に赤山の腕があらぬ方向へと曲がった。

ナイフは通路の上に落ち、カランカランという音を響かせる。

「ひあっ……。お、おれの……う……うであああああ、いてぇえ、いてぇえよおおおお」

「うるさい！」

頭を踏み付けて黙らせる。

見た目のダメージに反して、残りのHPは93も残っている。たぶん、死ぬことはないだろう。

「お、お前……一体なんなんだよ！」

「ん？」

呟いた男へ視線を向けステータスを確認する。

名前：西貝一《にしがいはじめ》　年齢：22歳　身長：180センチ　体重：80キログラム

レベル：11　HP：110／110　MP：110／110
体力：22（＋）　敏捷：19（＋）　腕力：28（＋）　魔力：0（＋）　幸運：3（＋）　魅力：6（＋）

「何か言えよ！」

鉈《なた》を右手に持ちながら威勢良く叫んで来る西貝。

肩幅が広くガタイがいい。襲って来た奴らの中では最も腕力に優れているが、俺の敵ではない。

俺は他人に極力干渉しないようにしているし、誰がどうなろうと知ったことではないが、俺のプライベートに土足で踏み込んで来る人間には容赦しない。

「貴様らは俺の大事な物を奪った。相応の罰を受けると思え！」

俺の言葉に圧倒されたのか、輩どもがたじろぐ。

「大事な物……。そうか、そういうことだったのかよ」

西貝が呟くと、隣に立つ月城《つきしろ》という男が進言した。

「ここは逃げるぞ。こいつの目、普通じゃねえよ。俺たちを人間として見てないんだ」

「今更逃がすと思っているのか？　最低でも塀の中には入って貰うからな」

そう言って構えると、西貝は激高し叫んだ。

「馬鹿か！　俺の兄は警察のキャリア組で、親父は県会議員の西貝当夜《とうや》だぞ！」

「だから？」

冷たい響きの言葉に、先ほどから顔を踏み付けにされている赤井が悲鳴を上げた。

「まともじゃねえよこいつ！　やめろ！」

さっさと処分しておくかと思った矢先、ウィンドウが目の前に表示された。


――スキル《ZH)N》を手に入れました。


またも文字化けのスキルだ。

行動を起こそうとしたその時だった。

「そこまでだ！　全員、動くな！」

ようやく警察が来たのか。だが、サイレンは聞こえなかった気がする。

振り向くと、そこにいたのは警察ではなく、軍人のような男たちであった。服装や装備は統一されているが、どこの国の部隊かは一目で分からない。

屈強な男たちによって、すぐさま西貝と月城が拘束される。

「お前たち、探索者による市民への暴行は罪が重くなると知っているんだろうな」

通路の向こうから見覚えのある男が歩いて来た。

「山根さん……」

「おや？　これは奇遇ですね」

それは俺の台詞だ。

どうしてこんな所に自衛隊の人間が？

この周辺に基地はないし、山根の所属する基地も遠いはずだ。大体、警察より先に到着するなんてあり得ない。

頭の芯《しん》が冷えるような感覚と共に、俺は努めて冷静な声を出した。

「……どうして、ここに？」

「……すごい殺気ですね。偶然ですよ」

「そんな訳がないだろう」

「仕方ありませんね……。調査です」

「調査？」

なんの調査だ？

「彼らについてです、と言えばご理解いただけますか？」

「……こいつらを尾行していたと？」

「ええ、そういうことです。ですから足を退《ど》けて貰えますか？」

「……分かった」

赤井の頭から足を退かす。呻《うめ》く赤井に、後ろで待機していたであろう隊員たちがすぐさま近付き、運び出して行った。

「警察の連中が来る前に、全員連行しろ」

山根の言葉に、隊員たちは素早く若者を連れて行く。

「それで、説明はして貰えるんだろうな？」

「ええ。山岸さんの大切にしておられた方が巻き込まれたということですから、きちんと説明しましょう」

んん？　話が噛《か》み合わないな？

大切にしていた？　牛丼はそんなに賞味期限は長くないはずだが……。

彼は何か勘違いしているんじゃないのか？

「山根さん、そこにいる奴……佐々木のことなんだが」

「ええ、分かっています。彼もご同行願えますか？」

「佐々木も？」

俺はただ、事のあらましを説明して、あわよくば窓ガラスを修理して貰えないかと思っただけなんだが。

「はい。今回の問題については、警察の干渉を受けたくないのです」

「……何か事情があるということか？」

俺の言葉に山根は首肯《しゅこう》した。

「はぁー、仕方ないな……。分かったよ、すぐに準備させる」

「さすがは山岸さん。私が見込んだだけのことはあります」

「煽《おだ》てても何も出ない」

なんとなく話していて分かった。

この男、一見すると人当たりはいいが、明らかに何か隠している。

佐々木を呼ぶためにドアを開け、そのついでに、山根のステータスを見る。

すると、驚きに思わず声を上げそうになった。

名前：山根昇　年齢：48歳　身長：177センチ　体重：65キログラム
レベル：288　HP：2880／2880　MP：2880／2880
体力：47（＋）　敏捷：41（＋）　腕力：53（＋）　魔力：0（＋）　幸運：6（＋）　魅力：7（＋）
所有ポイント：288

「どうかしましたか？」

俺の視線に目ざとく気付いた山根がこちらを向いたので、さっと目を逸らした。

「いえ、なんでも」

彼はここまで見て来た中で、段違いにレベルもステータスも高い。

それに、年齢が四八歳？　どう見たって二〇代後半にしか見えないぞ？

しかも所有ポイントをステータスに振っていない。これはさっきの若者たちも同じだが、もしや誰も、ポイントでステータスを上げられると知らないのか？

……もし知っていたら、山根はとんでもないことになるだろうから言わないでおくか。

「佐々木」

「先輩……」

部屋の隅で蹲《うずくま》っている佐々木を見て俺は溜息をついた。怪我はないらしい。

「自衛隊が助けてくれた。話を聞きたいらしい」

「それって……」

俺の言葉に言い淀《よど》む佐々木。

男だった時のテキトーを絵に描いたような軽薄さが、嘘のように鳴りを潜めている。

元の佐々木を知っていると、今の容姿もあってギャップがすごい。

「なんでも、警察に関与されると面倒なんだとさ。ここは危ないから、一緒に来てくれ」

「はい……」

俺の言葉で、佐々木は素直に部屋を出た。

後に続いて部屋を出て、しっかり戸締まりをする。まあ、窓が壊されているから防犯も何もあったものじゃないが……。

階段を下りると、アパートの前の狭い道路に緑色の大きな車が停《と》まっていた。確か軍用車のハマーだったか。日本の、こんな狭い所に停まっていると違和感がすごい。

「佐々木さんはこちらへ」

「は、はい」

山根の部下の指示でハマーの後部座席に乗り込む佐々木。

俺も向かおうとすると、山根が待ったを掛けた。

「山岸さんは残ってください。警察が来た時、誰もいないのでは事態がややこしくなります」

「……確かにそうだな」

あれだけの騒動だ、周辺住民の通報もあるだろう。おまけに家主が消えていれば大事件だ。

それに、西貝に兄や父とやらに泣き付かれても面倒だ。

「警察にはなるべく、真実から遠い形での説明をお願いします」

「ずいぶんな注文だな」

「山岸さんならできますよ」

「どうしてそんなに俺を買っているんだ……？」

笑顔のまま、山根もハマーに乗り込んだ。

「それでは、我々はこれで。お手数ですが、落ち着いたら下志津までお越しください」

「仕方ないな」

山根の指示でハマーが発進する。

見た目に違《たが》わない重厚なエンジン音を見送り、俺は自宅に戻った。

「さて……」

車を見送った後、俺はデスクの前に立っていた。

レベル288。山根のステータスは、俺に不審を抱かせるには十分であった。

自慢じゃないが俺は、長いオペレーター歴から会話だけで相手の人となりを推し量ることができる。山根と会話していて分かったこと。彼は間違いなく、何かを隠している。そしてそれは、俺をも巻き込む恐れがある。

だからまず、彼に対抗できるくらいまでレベルを引き上げるべきだと考えた。

彼の隠す何かを捜すのはその後だ。

引き出しを開けると、さっき見た時とはダンジョンの形が変わっていた。棲息《せいそく》するモンスターたちも、その姿を異にしている。

とはいえやることは変わらない。

淡々と、人差し指でモンスターたちを押し潰して行く。

——LV．3088《炎竜王ファルドラ》を討伐しました。

——LV．1019《水の精霊アクア》を討伐しました。

——LV．1001《狂乱のダンシングソード》を討伐しました。

——LV．1003《悪魔の宝箱》を討伐しました。

レベルアップのログが流れ終わると同時に自分のステータスを確認する。

「レベルは449か」

かなりレベルが上がった。

以前から気になっていたのだが、経験値テーブルはどうなっているのだろうか。高レベルのモンスターを倒しているのだが、上がったレベルは305。

単純にレベルで換算すれば、二〇分の一程度が俺の経験値になるという感じだろうか。

モンスターの討伐は簡単に思えるが、果たして効率は良いのだろうか。直接モンスターと戦ったことがないので、通常であればどの程度の労力と時間を消費するのかいまいちピンと来ない。

やはり一度はダンジョンに入っておくべきか？

だが、ざっと調べた限りでも探索者になることには様々な義務が付き纏う。

それに、探索者の暴行はどうのこうのと山根は言っていたが、そんなことパンフレットにもホームページにも書いてなかった気がするぞ。

気になった俺はネットで調べてみたが、その結果は……。

「協会所属の探索者だけが閲覧できる……？」

探索者が一般人に暴行した場合の措置について、何故か協会のホームページでは閲覧ができなかった。

普通はこういった規則は公開されているのが当たり前ではないだろうか。

他に同様の情報がありそうなサイトを開くと、それらは全て、アクセス不可になっていた。個人のブログレベルのものでも、だ。

情報統制？　なんのために？

「それにしても、やけに暑いな……。」

まるで戦っている時の気分がずっと続いているようだ。

不思議に思ってスキルを見ると、疑問はすぐに解けた。

《限界突破》と《バーサクモード》。これらのスキルはパッシブスキルなのだが、使用したままでいたようだ。

一定時間、全ステータスの限界値を引き上げる《限界突破》と、一時的に痛みを感じなくなり興奮状態になる《バーサクモード》は、日常生活ではとてもじゃないが使用はできないだろう。

スキル一覧を消すと、外から声が聞こえて来た。

どうやら警察の到着らしい。ずいぶんと時間が掛かったじゃないか。

「葛木巡査長《かつらぎじゅんさちょう》。これは……」

「ずいぶんと酷いな」

ドンドンとドアが叩かれる。

「千葉東《ちばひがし》警察署の者です！　通報を受けて来ました！　山岸さん、いらっしゃいますか！」

「今開けます！」

玄関を開けると、制服の警官が二人立っていた。

葛木と山上《やまがみ》というらしい二人を《解析》で見ても、特におかしな点は見受けられない。

警察手帳の名前とも齟齬《そご》はない。

「あなたが連絡をくれた山岸さんですか?」

「はい」

聞きながら、葛木が周囲を見渡していた。

「山上、すぐに応援を呼べ。壁に血痕《けっこん》がある」

「了解しました」

葛木の言葉に、山上が階段へ消えた。

「混乱されているでしょうが、まずはいくつかご説明いただけますでしょうか。通報にあった不審者というのはどこへ?」

「分かりません……。窓ガラスが割られた時、警察へ電話をしたと言ったら逃げて行きました」

俺は頭を左右に振りながら答える。

「その時に、相手の顔などは?」

「いいえ、複数人だったのは話し声から分かったのですが……」

「そうですか……」

俺に語り掛けて来る葛木という警官に言葉を返しながら俺は俯《うつむ》く。

相手は質問のプロ。

警察官は、会話中の相手の表情で、疚しいことをしていないかどうかを判断できる……と、テレビで観たことがある。

《解析》のスキルでも相手が犯罪者かどうかなんて分からないのに、顔色だけで察してしまうのはすごいな。

「現場検証の後、署までご同行の上お話をお聞かせいただきたいのですが、よろしいでしょうか」

「……はい」

事を荒立てないよう、俺は素直に葛木の言葉に頷いた。

●

狭いボロアパートの通路は、一〇人近くの警察官や鑑識官《かんしきかん》で大渋滞している。思ったより大事《おおごと》になってしまった。

俺はといえば、道に停めたパトカーに案内されていた。

暴漢と俺が戦っている時は関わりたくないから静かにしていたのだろうが、パトカーが来たとなったら突然人が集まって来た。

おかげで閑散としていた路地は野次馬たちでいっぱいだ。

近所で見た覚えのあるおばちゃんや子供たち、老人まで集まって俺を見ている。

「な、なんだか犯罪者になった気分なんですが」

「あ、いえ、そんなことは……」

葛木は苦笑いでやんわり否定してくれたが、周囲に呼び掛けて野次馬を散らすまではしてくれなかった。

あろうことか写真を撮っている人間までいる。本格的に犯罪者のようだ。

無職の小太りな中年が連れて行かれる様子は、今ごろネットで大騒ぎだろうな。

手には手錠も着いていないのだが、そこは誰も気にしていないに違いない。

パトカーに乗り込んだ後、断りを入れてからスマホを開いた。

案の定、匿名掲示板では写真付きで俺の個人情報が出回っている。思わず溜息が出た。

「酷《ひど》いですね、これは」

「この原因を作ったのって、葛木さんたちなのでは？　大げさにしちゃうから……」

「すみません、我々も職務ですので……。浅慮《せんりょ》であったことはお詫びします」

「はあ……。じゃあ、カツ丼くらい期待してますよ」

「それもすみません。あれ、自腹なんですよ。お茶なら出しますから」

またも深く溜息をつく俺に、葛木は「すみません」と言うだけであった。

誰も俺を知らない所に引っ越すか……。そんな金はないが、幸運にポイントを全振りして競馬《けいば》でもやればなんとかなるかな。

五分ほどパトカーに揺られると警察署に到着した。

案内された部屋の中を見回す。あるのは机と椅子だけで、窓すらない。

まるで尋問《じんもん》でもされるような雰囲気だ。

座って待っていると、

「失礼するよ」

と、スーツを着た男が入って来た。ノックもせずにずかずかと入って来て、本当に失礼だな。

ステータスを見ると、名前は西貝次郎《じろう》ということが分かった。

レベルも1で、探索者ではないらしい。

ん？　西貝……？

そういえばさっき俺の牛丼を台無しにしてくれた不届き者も、そんな苗字じゃなかったっか？

「さて、山岸君だったかな。君のアパートの件についてお聞かせ願おうか」

「はあ？」

俺は西貝次郎とやらを一瞬で敵認定した。あまりにも態度が無礼すぎないだろうか。

これではまるで、本当に犯罪者への取り調べではないか。

「その前に、あなたの名前や階級を名乗るべきではないでしょうか？　どこの誰かも分からない人間に、話すことなんてありませんよ」

「……西貝警視《けいし》だ」

西貝の顔がピクッと引きつった。警視といえば超の付くエリートだ。それも二九歳という若さで。

相応にプライドも高いに違いない。

無職の中年にナメられるのはさぞや気に食わないだろう。

ちなみに、俺はここに入った時からスマホでライブ配信をしている。反応は見れないが、今ごろ祭りになっているだろう。

「西貝警視、先ほどは簡単な調書のみだとお伺いしたのですが。アパートの件、と言われましても、通報で駆け付けた葛木巡査長にお話しした通りです。急に家に押し掛けて来た暴漢に、窓を割られ危うく押し入られそうになった。それだけですよ」

西貝の目つきがますます険《けわ》しくなる。話の主導権を握られて屈辱なのだろう。

「単刀直入に言おう。君のアパートの壁には血痕があり、近くには暴行の跡があった」

「へえ、ヤバいですね」

わざとらしく肩を竦《すく》めると、西貝の額に青筋が浮き出るのが見えた。

「付近の住民からの、君の関与を目撃したという証言もあるが」

「私が？　無理でしょう、それは。第一、通報者の私が暴れる訳がないじゃないですか」

これは明らかな引っ掛けだ。

あの時、誰も様子を見てはいなかったし、俺の部屋は決して路地からは見えない位置にある。これではっきりしたが、西貝は俺を何かの容疑者にしたがっている。

――スキル《ポーカーフェイスLv．1》を手に入れました。

――スキル《詐術《さじゅつ》Lv．1》を手に入れました。

む、何かスキルが手に入ったな。だが、レベルを上げるまでもない。

目の前のエリートさんには、俺の社会人経験だけで十分だ。

「では、自衛隊と一緒にいたという目撃証言については？」

「冗談でしょう。たかが不審者に自衛隊が出て来る訳がない」

「隠してもいいことはないよ」

「隠すとかじゃなく、本当に知らないんですが……。あの、さっきから明らかに私を疑っていますが、これって正式な取り調べですか？」

「いいや？　あくまでも任意だ。ただ、君の態度次第では少しだけ長く話すことになるかもしれないが」

勝った。

「では、帰らせていただきますね」

「……おい、あまり警察をナメるなよ？　お前如き無職一人、牢《ろう》に入れてやるのに大した理由は必要ないんだぞ？」

席を立とうとした俺を、西貝の低い声が威圧《いあつ》した。

俺は溜息をつき、ポケットからスマホを取り出して見せた。

「それはどういう意味でしょうか、西貝警視。ネットの傍聴者《ぼうちょうしゃ》にも聞いてみましょうか」

「な、なんだ……そ、それは……!?」

どうやら今までの会話がネットで配信されていたと気付いたらしく、西貝の顔がみるみる青ざめて行く。

俺も今画面を見て、来場者とコメントの数に驚いているところだ。

警察に連れて行かれた無職中年が、不当な取り調べを生配信など、いかにもネット住民が好みそうなネタだからな。

「貴様……！　後悔するぞ……！」

「私は貴様ではありません。山岸という名前がありますので。それでは失礼します」

にこやかにその場を後にした俺に、西貝の殺気立った気配だけが追従した。

●

ＳＮＳの反応を見ながら、俺は警察署を出た。

動画配信はまだ続いているが、今ごろアーカイブされたものが海外でも広まっているころだろう。

明日のネットニュースを楽しみに歩く俺は、駐車場に立っていた人影を見てはたと足を止めた。
一、二、三……全部で一三人。中には警官だけではない、ヤの付きそうなガラの悪い者も交じっている。
警察署の駐車場とは思えない光景に、俺は溜息をついた。

「あー、なるほど」

これは、配信を止めたと思わせておいた方がいいかもしれないな。

「山岸だな？」

「人違いです」

西貝に負けず劣らず威圧的な声音《こわね》。《解析》結果は、神田《かんだ》という警官らしかった。

「警察相手にずいぶんな態度だな」

「たまたま配信していたところに、たまたま西貝警視に脅される声が入っただけですよ。それより、なんですか？　まさか警察が市民をリンチしようっていうんじゃないですよね、その怖い人たちと一緒に」

わざとらしく両手を上げる。

「配信は続いているのか？」

「いえ。さっき止めましたけど……あっ!?」

「くく……なら、好都合だな」

俺は「し、しまった！」という表情を装った。


——スキル《演劇Ｌｖ．１》を手に入れました。


またもタイムリーなものが来た。ポイントを振ってレベルを上げ、ついでにいつの間にか取得していた《危険察知》というスキルもレベルを上げておく。

スキルをオンにして、話を続ける。

「わ、私を痛め付けても無駄ですよ！　拡散した動画がある限り……」

「そんなもの、お前を消した後でどうとでもなる」

俺がさっきから配信を続けていることに、どうやら気付いていないらしいが、べらべらと余計なことを喋っても大丈夫なのだろうか。

それにしても、物騒《ぶっそう》なワードが出て来たな。消すってことは殺すってことだろ？　この法治国家で、そんなこと許されるのか。

「私を殺す気ですか⁉」

「はは、警察がそんなことをするはずがないだろ。あくまで市民を守るためにしか、我々という正義は動かないんだ」

「いやいや、あなたたちは正義じゃないでしょう、神田隆二《りゅうじ》さん」

名前を呼ばれた神田は、体を硬直させて立ち尽くした。

「……お前、今」

「神田さんだけじゃないですよ！　そちらの方は早川《はやかわ》さん、そちらは……」

一人ずつ名前を読み上げて行くと、屈強な男たちに動揺が走ったのが見えた。

神田が声を張り上げ、次いでインカムで何かを指示した。

「うろたえるな！　総員《そういん》、マル被が逃走の恐れアリ、周辺道路を封鎖《ふうさ》！」

どこに待機していたのか、本当に周辺を警官たちが包囲した。

パトカーが道を塞《ふさ》ぎ、車も通らなくなる。

「山岸、正義というのは、我々そのものだ。我々が白だと言ったものは白になる」

「さっきも言ったけど、殺したって無駄ですよ」

「言っただろう、警察はそんなことはしない。犯人を射殺する時は例えばそうだな……突如錯乱《さくらん》した被疑者が、現場の警察官から拳銃を強奪《ごうだつ》。そして、たまたま署を訪れていた市民に発砲して殺害。射殺やむなしと判断した現場により、凶悪犯は無事、射殺される……といったところだな。準備はできたようだ」

準備？

神田の語りの間にステータスを弄っていた俺は、神田の視線の先を追って目を見開いた。

署の入り口から出て来たのは、西貝警視と婦警、そしてその隣には、子連れの女性。

「っ!? お前らまさか！」

神田の言葉を思い出す。

奴が懐に手をやるのと同時に、俺は慌ててパッシブスキルを全てオンにして駆け出した。

「俺たちは常に正義だ！」

叫びと共に引き金が引かれる。

事態を呑《の》み込めていない親子が、呆然と立っている。

ふざけるなよ！

威信を守るためだとか、そんなくだらないことのために、誰かの命を奪っていいはずがない！

だが、既に銃弾は放たれている。

やけにスローな視界だが、到底追い付けない……！

焦燥感に駆られた時――、視界内に半透明のウィンドウが唐突に開いた。

――スキル《解析》とスキル《危険察知》を統合します。

突如現れたウィンドウ。それだけが、この世界の中で唯一まともな速度で動いている。

――上位スキル《思兼神《オモイカネ》》を手に入れました。

――スキル《思兼神》発動。軍事衛星を掌握、現在地の全映像と音声を、世界中に配信しますか？（y／n）

無我夢中でyを選択すると、再びウィンドウが現れた。

――スキル《演劇》の視聴者数が規定値を超えたため、進化条件を満たしました。上位スキル《演出Lv．1》を手に入れました。

――スキル《思兼神》とスキル《演出》を統合します。

――上位スキル《八意思兼神《ヤゴコロオモイカネノカミ》》を手に入れました。

ログが流れたと同時に、体が一気に加速し、手の甲が硬い物を弾いた。

「きっ……きゃあああああっ!?　う、撃った!?」

一拍遅れて悲鳴を上げる、伊東《いとう》という名の女性は娘を強く抱き締めながらへたり込んだ。

この企みには参加していなかったのか、婦警も同様に腰を抜かしている。

「き、貴様……。今、何をした……？」

「てめえ……！　何をしたじゃねえよ！　保身のために人殺ししようとしておいて！」

激高する俺の声に、神田はわずかにたじろいだ。そして俺の近くでは西貝が神田に向けて叫んでいる。

「おい、何してる神田警部《けいぶ》!?　さっさと処理しないか！　父もこの件は承諾済みだと……」

「くっ……！」

神田が悪あがきのように発砲する。だが、その全ては俺の体に当たって落ちた。

痛みも傷もない。ＨＰも10しか減っておらず、まるで玩具で撃たれているようだ。

「馬鹿な……！　こんな馬鹿なことが……上位の探索者ですら不可能な……こんな……！」

動揺している神田を見ながら、俺は腰が抜けている伊東さん親子を抱きかかえて安全圏まで跳躍《ちょうやく》する。

ざっと三〇メートルは跳んだだろうか。二人を下ろし、神田たちに向き直った。

さて、どうしたものか。

何故かは分からないが、今の俺は非常に身体能力が上がっている。

この力があれば制圧は楽勝だろうが、こちらから警察官に手を出したら大問題になると思い躊躇《ちゅうちょ》してしまう。

膠着《こうちゃく》状態が続くかと思われた、その時であった。

「そこまでです！」

ダカダカと足音を立てながら、二〇人近くの白い学ランを着た男たちが敷地に踏み入って来た。

周辺の封鎖は突破されたらしい。何者だ？

そして俺は、一人ずつステータスを見て驚愕《きょうがく》した。彼らは全員、レベルが150を超えている。

「ま、まさか……！　協会の強行部隊か!?　だが、何故……！」

西貝がうろたえ、後退《ずさ》りする。

「日本ダンジョン探索者協会強行部隊第7団長、楠大和《くすのきやまと》です。西貝次郎、以下、この場にいる者たち！　あなた方が武装の上テロを画策《かくさく》しているとして、警察庁長官からの鎮圧《ちんあつ》要請が出ています。ダンジョン探索者に抵抗するのは無意味だと、ご理解はされていますね？　大人しくすることをおすすめします」

「た、助かったの？」

伊東さんの緊張の糸が切れたらしく、俺の後ろで深く溜息をついた。二人とも無傷で良かった。

「おい、私は知らないぞ。首謀者《しゅぼうしゃ》と実行犯は、そこの神田警部だろう。私は巻き込まれただけで……」

なおも見苦しく言い逃れしようとする西貝を逃がさないとばかりに、学ラン集団が囲い込んだ。

「西貝次郎。あなたには違法薬物の横領《おうりょう》や、反社会的勢力との癒着《ゆちゃく》の容疑もある。証拠は、ここに」

取り出したタブレットには様々な資料が表示されている。わずかに覗《のぞ》き見えたのは、ガラの悪い男たちとやり取りをする西貝の写真であった。

崩れ落ちた西貝が、学ランの男に立たせられ、連行されて行く。

俺の横を通り過ぎる際、その血走った目を向けて唾を飛ばしながら叫んだ。

「山岸ぃ！　お前が、お前が協会と繋がって……！」

「いや、まったく」

そもそも俺が日本ダンジョン探索者協会と繋がっていたら、SNSで拡散などしなかった。

俺の言葉に、西貝はがっくりとうなだれ、そのまま他の確保された人間たちと一緒に車に乗せられて行った。

それにしても寝耳に水だ。どうやら俺の動画が、長官を動かしたらしいが……。

まるで誰かの筋書きに乗せられているようで不気味さすら感じる。

しばらくその場に立っていると、楠が話し掛けて来た。

ステータスを見ると、レベルは255と高い。

「君が、山岸直人さんで間違いないかな？」

「ああ、そうだが……」

「ご協力、感謝する。……なあ、君は拳銃で撃たれていたけど、体は大丈夫なのかい？」

「……」

すっかり忘れていたが、そうだった。

《バーサクモード》の影響で、つい――。

「ゴフッ……!?　あ、あれ……」

突然体に力が入らなくなる。

倒れ行く俺の視界に追従するように、ウィンドウが現れる。

――スキル《八意思兼神》発動。能力により、銃弾を受けたダメージを肉体へフィードバックします。

不吉な文字が表示されると同時に、俺はそのままコンクリートの上に倒れ込む。

目の前に自分の血が広がって行くのが分かる。

妙に生温かい。

「救急車!　急げ!」

遠のく意識の中、楠という男の声だけが聞こえて来る。俺は、そのまま意識を失った。

第二章

――眩しい……。

意識がゆっくりと浮上するのを感じる。

「ここは……いったい……」

朦朧《もうろう》とした意識の中、瞼を開けるとそこは、見知った天井ではなかった。

体がほとんど動かせない。

どうして……。

「あ、そうか」

そこでようやく思い出した。

警察署で西貝たちに襲われ、協会の人間が助けに来てくれたのだ。

そして、楠という男の「体は大丈夫か？」という言葉。

そこでどうやらスキル《八意思兼神》が、俺が疑われていると判断して、あろうことか撃たれたダメージを再現して切り抜ける……ということをやってのけたらしい。

おかげで俺は、全身から血を噴き倒れたという訳だ。

「よく死ななかったな俺……」

襲われている時はステータスを見ている暇はなかったが、高いＨＰがなければ確実に死んでいただろう。
　ステータスを開くと、今はもう回復しているはずだが、数値が妙なことになっていた。

名前：山岸直人　年齢：41歳　身長：162センチ　体重：95キログラム
レベル：1（レベル4490）　HP：10／10（4490／4490）　MP：10／10（4490／4490）
体力：17（100）（＋）　敏捷：11（100）（＋）　腕力：16（100）（＋）　魔力：0（＋）
幸運：0（100）（＋）　魅力：0（34）（＋）
▽所有ポイント：0
特記事項
　スキル《八意思兼神》によりレベル上限が1に制限中。
　スキル《八意思兼神》によりHPとMPの上限が10に制限中。
　スキル《八意思兼神》により初期ステータスに制限中。

　スキルによってステータスに制限が掛かっている？
　理由は分からないが、今はとりあえず自分の状態を把握することに努めた。

スキルはどうなっているだろうか。【スキル】のボタンを選択して、スキル一覧を表示する。

スキルはレベルが下がったりはしていなかったが、パッシブスキルがオフから動かせなくなっていた上に、特記事項に一文が加えられていた。

特記事項
※スキル《八意思兼神》により、《隠蔽》《八意思兼神》以外の使用を制限中。

これも《八意思兼神》によるものか。

それにしても《八意思兼神》か。俺や伊東さんの命を救った、何やらすごいスキルのようだが……。確かスキルの統合だとか、上位スキルだとかログがあった気がする。

今のうちに、スキルの詳細を確認しておくか。

▼《八意思兼神》（●ON／OFF）
複合スキル。以下のスキルの能力を併せ持つ。

《解析》対象の情報を解析・表示する。

《演劇》自身を主役とした演劇を展開する。周囲の人間を登場人物として参加させる。

《危険察知》使用者に危険が近づいた際、使用者に警告する。

《思兼神》人類の英知を使用者の思い通りに利用することが可能になる。

《演出》演劇に参加させた人物の全ての個人情報が閲覧可能になる。


これはすごい。

どうやら、この能力によって西貝たちの悪事を、すぐに長官に届けさせることができたようだ。

いわゆるチートスキルというやつじゃないのか。

「それにしても、ここはどこだ？」

ステータスの確認が終わって暇になった俺は、部屋の中を検分《けんぶん》した。

壁も天井もベッドシーツも真っ白で、見た感じは病室っぽいのだが、何かの実験の被験者に繋いでいそうな仰々《ぎょうぎょう》しい機器まであるせいで、いまいち自信がない。

「……せ、せんぱい……」

声がした方へ視線を向ける。

腰まで届く黒髪の美女がそこにいた。誰だっけ、確か……。

ああ、思い出した。

「佐々木か？」

「ひ、ひゃい！」

目を大きく見開いて固まっていた佐々木は、俺に話し掛けられて焦って返事をしようとして舌を噛んでしまったようだ。

目元に涙を浮かべ、手で口を押さえている。

それにしても、この前は意識していなかったが、改めて見ると、ずいぶんな美女になってしまったようだ。全体的な雰囲気も、軽薄さが消え柔らかさが出ている。

とりあえず今は、少しでも情報が欲しい。相手が佐々木では期待はできないが、聞けることは聞いておくべきだろう。

だが、率直に「お前が女になってからどうなった?」なんて聞くのは、さすがにデリカシーに欠ける。

本人はショックだっただろうし。

ここは様々な経験上、軽い日常会話から入るのが得策だ。

「髪型変えたのか?」

俺の家に来た時は、男だった頃と同じように頭の後ろで雑に纏めていた。

今はロングの髪を三つ編みにして垂らしている。

よく見れば、服装も白のニットワンピースにスカートと可愛く纏まっている。いつもパーカーで気だるそうな雰囲気を出していた頃とは大違いだ。

「え? あ、はい……。ど、どうですか? 似合ってますか?」

「ああ」

テキトーに答えたのだが、何故か佐々木は顔を真っ赤にしている。

どうと言われても、元があの佐々木だから、褒める気も起こらない。

とはいえ話題を振ったのは俺なのだから、綺麗だとかなんとか、気の利いた言葉を掛けておくべきかもしれないな。

「……いいんじゃないか？」

俺の言葉に、佐々木はますますテンションが上がったようだった。

「本当ですか!?　えへへ……。私！　なんとなく先輩が好きそうかなって思ってこれにしたんです！」

「そ、そうか……」

男の佐々木がそんなことを言ってくれれば、すかさず「お前は男のくせに、男の目を気にしてるのか。そっちの気があるんじゃないだろうな」なんてからかうのだが。

今の佐々木に言っても無駄そうだ。

それに、外見はヘルメイアの薬で変わっても、中身は変わっていないはずだ。

ずいぶん女性寄りの反応を返すようになっているが、もしかすると薬の効果とか、凄惨《せいさん》な暴力を目の当たりにした恐怖とかで何か壊れたのかもしれない。

ここは、俺の社会人経験でもって、軽く流しておくことにしよう。

そう、俺は空気が読める男なんだ。

「……あっ!?　そ、そうじゃなくて！　先輩、少し待っててください！」

パタパタと病室を出て行った佐々木を目で追って、俺は溜息をついた。

どんな変化があったのか知らないが、どうにもやりづらい。

俺には佐々木がどうなろうが、何を考えていようが一切関係ないが。

一切、関係ないが！

しばらく待っていると、佐々木は山根と共に戻って来た。

「山岸さん！　良かった、ご無事でしたか」

「山根二等陸尉殿」

「ですから、山根で結構です」

見慣れたやり取りに、山根は苦笑した。

「山根さん、何がどうなったのか説明して貰えますか？」

俺がそう言うと、山根は真面目な表情を浮かべた。

「結論から言えば、山岸さんの命を狙う者はいなくなりました」

「!?　どういうことですか？」

命を狙う者がいなくなった？

それは収監《しゅうかん》されたということだろうか。まさか、俺が目を覚ますまでの間に死刑になった訳でもないだろうが。

だが、どうやら話は俺の予想とは大きく食い違うものであったようだ。

「山岸さんが意識不明だったこの一週間。西貝次郎の父である、県議会議員の西貝当夜は、車両事故で死亡しました」

確か、俺を殺人犯に仕立て上げる計画を承諾したとんでもない奴だ。西貝は一族揃って極悪人だったたってことか。

偶然にしてはタイミングが良すぎないか？

「首謀者である西貝次郎は、勾留中に留置所内で自殺しました」

「なんだって？」

あの西貝が？

明らかにただの偶然とは思えない。

確かに自身の欲のために他人を踏みにじる危うさはあったが、だからといってそんなことがあるだろうか。

「あ、そういえばうちの家を襲った奴らはどうなりました？　今も自衛隊で拘束されているんですか？」

「いいえ。我々は警察ではないので……」

つまり再び野放しにされたという訳か。

おいおい、いるじゃないか、俺に復讐をして来そうな奴が。

命を狙う人間はいなくなった訳じゃないいんじゃないのか？

「彼ら五人は協会に登録した探索者だったのですが、数日前、ダンジョンの中で死亡しているのが確認されました」

「は？」

「探索中に失敗をしたのでしょう。発見されたのはあまり人の立ち入ることのない、危険な区画でしたから」

山根は事もなげに言ってのける。

あくまで穏やかな調子を崩さない彼に、俺は絶句していた。

トカゲの尻尾切り……。ここまで来れば、さすがに偶然ではないだろう。

となると気になるのが、俺を包囲していた他の警官たちだ。

彼ら全員が西貝のような救いようのない悪人であったとは考えにくいが、もし同じ末路を辿っていたらさすがに寝覚めが悪い。

「あの場で拘束された警官……神田や、他の人たちはどうなったんですか？」

「彼らはあくまで神田の指示に従ったまでということで、それぞれが所定の懲戒《ちょうかい》処分を受けています。神田に関しては、実行犯ということで刑罰を受けるでしょう」

一応ほっとした。

「それにしても山岸さん、あなたはとんでもないことをしましたね。ここまで大事になるとは……」

「それって……？」

「山岸さんの動画を観た何者か……。いえ、今さら隠すまでもないでしょう。『ウィザード』を名乗るクラッカー集団が、あなたの動画に感化されたらしく、すぐさま軍事衛星を乗っ取り、あの場の映像を全世界に生中継したんです」

「はあ!?」

大げさに驚いたフリをしているが、もちろん分かっている。

あの時ウィンドウに出ていた言葉。全世界配信により、スキル進化の条件も整った。

《八意思兼神》、改めて恐ろしいスキルだと思う。

「一時は警察組織全体がバッシングを受けていましたが、逆に泥を被ってでも内部の膿《うみ》を絞り出したとして、警察庁の判断に称賛の声もあります。全て、あなたの動画のおかげですよ」

全てスキルがやったことだとは言えないが、まあ、結果的に俺の功績なのだろうか。

少しだけむず痒《がゆ》い。

「それからこれは余談ですが、あの一件で我々も評価が上がりました。その点も感謝しています」

「自衛隊が？」

彼らは別に、現場で何かした訳ではなかったと思うのだが……。

「おや、ご存じではないでしょうか？　協会の上部組織は、陸上自衛隊なのですよ」

そういえば、そうか。

探索者の講習会がどうして自衛隊の基地で、それも隊員が講師を務めているのかを考えれば分かることだった。

探索者、自衛隊、どちらにも興味がなさすぎて見落としていた。

「ここは目黒《めぐろ》の、自衛隊中央病院です。入院や手術費用は我々が持ちますので、どうぞご静養《せいよう》なさってください。ああそれと……」

自衛隊中央病院なんてものがあるのか。言葉の響きから隊員しか使えないのかと思ったら、俺のような一般市民でも普通に使えるらしい。

俺はてっきり最寄りの総合病院にでも入院したんだと思っていたが……。

そう考えていると、山根はバッグからタブレットを取り出し、佐々木に手渡した。

「入院中はお暇でしょうし、こちらをご自由にお使いください。それでは、お大事に」

山根は一礼し、病室を出た。

しばしの沈黙の中、機器が発する規則的な音だけが室内に流れる。

どうしたものかと思っていると、佐々木が先に口を開いた。

「あ、あの、先輩……」

おずおずと俺の顔色を窺うようにして、ベッド横に座った佐々木が絞り出すような声を上げた。

「わ、私……。私、先輩を巻き込んだのに、先輩が死にそうな時に何もできなくて……。ほ、本当に、すみませんでした！」

「気にするな。俺はやるべきことをやっただけだよ」

そう、牛丼の仇《かたき》を取るという、やるべきことを。

だから佐々木が気に病む必要はまったくないのだ。

「私、こんなことになっても大学じゃ誰も頼れなくて……。なんか皆、誰かに強制されてるみたいに私のことを避けるし……」

「ふむ……？」

強制されているように、か。それは少し気になるな。

まあ、単に友人の信頼を得ていなかった佐々木が、面倒事を避ける若者たちから距離を置かれていただけの可能性はあるが。

ひとまず今は、佐々木の件は置いておいていいだろう。

それよりもさっき山根の話に出て来た通り、一週間で世論が大きく動いているのであれば、俺が世間からどう言われているのかが気になってしょうがない。

何故なら俺は、任意同行のせいで一躍《いちやく》時の人になった。そしてそのまま、警察の汚職を暴くヒーローになっている。

さらにスキル《八意思兼神》の能力で全世界に俺の勇姿が配信されているはずだ。

もはや俺はただの無職の中年ではない。

さあネット民よ、俺への称賛を見せてくれ！

佐々木からタブレットを受け取り、ウキウキしながらネットブラウザを立ち上げ、俺の名前で検索を掛ける。

すると案の定、匿名掲示板を纏めたサイトが引っ掛かった。

すぐに開こうとするが、どうしても指が震えてしまう。

どうしよう、まだ炎上が続いていたら……。就職に響くんじゃないのか？

いや、しかし、ヒーローとして祭り上げられ、ポジティブな意味で注目されているかもしれない。

決心し、検索のトップに出て来たサイトを開く。

「えーと、何々……。【無職の星】親子のために命を落とした英雄、山岸直人……!?」

どういうことだ！

俺はまだ生きてるぞ⁉

慌ててスクロールすると、スレッドの最初にはこう書かれていた。

名無しさん：暴行の罪に問われていた無職・山岸直人（41）彼は犯罪者として歴史に埋もれるかと思われたが、華麗に警官の汚職を暴くことに成功する。だが、その直後に人妻と幼女を狙った凶弾から二人を庇《かば》った山岸は、そのまま帰らぬ人となってしまうのであった……。ここは俺たち無職の英雄、山岸直人を偲《しの》ぶスレです。


「な、なんだこれは……！」

その後に続くレスも、やれ『俺は信じていたよ』だの『幼女イコールジャスティス』だの『草葉の陰で満足してるだろ』だの、どれもこれもろくでもないものばかりであった。

どうやら俺は、既に亡き者として扱われているらしい。

中には俺の人間離れした動きや、銃で撃たれてもしばらく動いていたことからフェイク動画であることを疑っている者もいたが、概《おおむ》ね『撃たれたせいで大量に出血して死んだ』という方向性で結論が出ているらしい。

これでは就職だとか言っている場合じゃないんじゃないのか？

深い深い溜息をついていると、佐々木がタブレットを覗き込んで来た。思わず画面を隠す。

「どうしたんですか、先輩?」

「なんでもない……。ああ、それよりお前、口調変わっているけどどうしたんだ? 前に会った時は自分のこと、俺って呼んでなかったっけ」

全体的に語気ももっと軽い感じだった気がするが。

「あー……。これもヘルメイアの薬のせいですね。服用すると外見の性別が変わるだけじゃなくて、脳の構造? みたいなものもゆっくり変化するみたいで……。それこそ、趣味嗜好《しこう》みたいなものまで変わっちゃうみたいなんです」

「ふむ……それじゃあ、意識してやっている訳じゃないんだな、その口調は」

「はい。勝手に出ちゃうんですよね……」

今まで自分を形成していたものが根本から変わってしまうのだから、単純に『女の外見で生きる男』として過ごすことは難しくなるのだろう。

煩雑《はんざつ》な手続きも、あるいは使用者を守るためのものなのかもしれない。

佐々木の話を聞きながら、俺はさらに別のニュースを追って行った。

そして、先ほどの山根の話が全て本当であったということが分かった。

県議会議員の西貝当夜が首都高でダンプカーと接触し炎上。乗っていた西貝議員は死亡と書かれている。

西貝次郎は取り調べ期間の勾留中、留置所で衣類を使って首を吊《つ》り自殺。

俺を襲って来た西貝一は、一緒にいた四人とダンジョンに入り、モンスターによって殺害。

悪党たちの呆気ない最期。しかしそれは、全て事件の後から今日まで、わずか一週間で起こっている。

全てができすぎているのだ。

西貝たちとの戦いの中でも感じた不気味さ。誰かの筋書きに乗せられているような不快感。

「あ、そういえば、先輩」

俺が顔をしかめていると、花瓶《かびん》の水を換えていた佐々木が話し掛けて来た。

「ん?」

「廊下で会った警察の人から、後で警察庁からお見舞いが行きますので、って聞いたんですが……断って来ましょうか?」

警察庁、か。

今回のことで図らずも警察を敵に回すような行動も取ってしまったが、結果として西貝という汚点を暴き出したのだ。

複雑な心中だろうが、俺個人としてはこのまま敵でいたい訳ではないから、和解できるに越したことはない。

「とりあえず、会うだけ会ってみるか」

静養しているとネットくらいしかやることがない。

借りたタブレットで掲示板やニュースを覗いているのだが、俺のことは概ね好意的に受け入れられているのだけは安堵した。

ただし、既に亡き者として扱われているのだが。

「どうするかな、これは……」

ようやく体が少し動かせるようになって来た。

トイレにも行けないから誰かに頼むしかないのだが、佐々木に頼む訳にもいかないので不便極まりなかったのだ。

相変わらず《八意思兼神》は俺のステータスに制限を掛けているし、完全復帰までは程遠い。

「佐々木、早く戻って来ないかな……」

俺のスマホは今、協会に拾われ預かられている。

佐々木はそれを取りに出向いてくれているのだが、病室を出て行ってから三時間が経過していた。

その間はずっと暇だ。

ゴロゴロとしていると、病室の扉がノックされた。

一瞬、佐々木が戻って来たのかと思ったのだが……。

現れたのは、和服を着た黒髪の美女であった。

「失礼いたします」

「ええと……。どちら様でしょう?」

病室を間違えたのだろうか。

俺にこんな知り合いや親戚はいない。

年の頃は三〇代前半といったところだろうか。その顔は、どこか見覚えがある気がする。

「佐々木香苗《かなえ》、と申します。こちらに、娘がいると伺って来たのですが……」

「佐々木……。佐々木？」

まさか、あの佐々木か？

いやしかし、娘って言ったぞ。

佐々木は最近、薬のせいで性別が変わっただけであって親からすれば息子だろうし、第一、年齢が合わなさすぎる。少なくとも四〇近い歳じゃなければ計算が合わない。

別の佐々木さんの話だろうが、どちらにしても部屋を間違えている。

「宅の娘……佐々木望が、こちらにお邪魔していると伺いました」

「望……」

そういえば、あいつの名前もそんな感じじゃなかったか？

「あなたは、山岸直人さん？」

「ええ、そうですが」

香苗さんはじっと俺の顔を見つめて来る。

俺の名前を知っている辺り、あるいは本当に、あの佐々木の母親なのかもしれない。

だとしたら一体いくつなんだ？

さすがに女性相手に《解析》を使うのは気が引ける……。

「山岸さん、娘がいつもお世話になっております」

「あ、いえ、こちらこそ」

深々と頭を下げられたので、俺もベッドの上でできる会釈《えしゃく》をした。

どうやらあの佐々木で確定らしい。

それにしても、さっきからこの人は自分の息子が怪しげな薬で娘にされたっていうのに、受け入れるのが早すぎじゃないか？

まだ、たったの一週間ちょっとだぞ？

「娘さん……というか、息子さんは少し前までいたんですが、今は俺の頼みで出て貰ってます。今日中には戻るとは思うのですが」

「そうですか……。それでは、こちらで待たせていただいても？」

「えっ。か、構いませんが……」

半ば強引に、香苗さんはベッドの横の椅子に腰掛けた。

見れば見るほど、女になった佐々木にそっくりだ。姉妹と言われても納得するレベルで若々しい。

「……その、失礼ですが、先ほどからずっと、あいつのこと娘って呼んでますよね。踏み入るべきではないかもしれませんが、二〇年も息子として接して来た我が子が急に娘になって、そんなにすぐに受け入れられるんですか？」

俺の言葉に、香苗さんは少し意外そうな顔をした。

てっきり不快感をあらわにされるかと思ったのだが、何故か驚いているらしい。

「あら、望から何もお聞きになられていないのですか？　いつもあなたのことを話すので、てっきりそういうことも明かしているような仲だとばかり」

「はい……？」

「望は、出生時は女性でした」

なんだって!?

ちょっと待て、それは初耳だぞ！

あいつとはまだ短い付き合いでしかないが、桂木から貰った書類上でも、普段の生活でも紛れもなく男だった。

仕事中、トイレだって一緒に行っている。さすがに見た訳ではないが、出生時になかったものを付けるようなことが、そんなに完璧にできるものなのか？

あ、いや、待てよ。

一つだけあるじゃないか。完璧にやれる方法が。

「まさか、あいつは過去にも……？」

俺の呟きに、香苗さんが頷いた。

「佐々木家は代々続く、老舗《しにせ》の旅館を営《いとな》んでいます。そのため、本家筋に生まれた男が、その跡を継いで来た。望はその、跡継ぎとして生まれた子です。ところが、生まれた子は女……。その後も子に恵まれなかった私たちは、なんとか望を後継に据える手段を探していました」

そして、ダンジョンが現れた。

道理で順応が早い訳だ。

何せ、佐々木の周囲は、女としての佐々木と一五年も付き合って来たのだから、むしろ男になった後の方が異質なものだったのだろう。

「ある日、ダンジョン産出物の中に性別を変える薬があることを知った佐々木家は、その力で望を男児にしてしまおう、と画策しました。結果はあなたの知る通り……。でも、通常の手続きを踏んでいては、跡取りが男でないことなどすぐ露見《ろけん》してしまう。そこで……西貝当夜に頼った」

ここで出て来るとは。

だが、これで合点《がてん》が行った。

どうして佐々木が西貝の人間に追われていたのか、大学の連中が急に距離を置こうとしたのか。

ただのちゃらんぽらんな大学生であるだけの佐々木が、どうして政界の闇みたいな奴と関わりがあるのかと思ったが、家の問題だったらしい。

「戸籍を改ざんし、佐々木望《のぞみ》は佐々木望《のぞむ》として、新たな生活を送ることとなった。でも」

それでめでたしめでたしとは、行かなかったのだろう。

「ヘルメイアの薬は趣味嗜好すら変えるけれど、本人の気持ちまで操作してくれる訳ではなかった。家のために人生を捨てさせられた望は、よほどストレスだったのでしょう。日に日にやつれて行くあの子が見ていられなくなって……。だから、家から遠い大学へ、誰もあの子を知らない、新しい人生をスタートできる場所へ送り出しました」

勝手な話だ。

他人の人生なんて関係ない。まして、佐々木なんてどうでもいい奴の最たる例だと思っていたんだが。

家のために子供の人生を犠牲にさせる親など、見栄のために人の尊厳を踏みにじっていた西貝たちのような悪党と、一体何が違うのだろうか。

「今日は、佐々木を連れ戻しに来たんですか？」

「……山根さんから事件のことを聞いて、それも考えましたが……。あなたが近くにいる方が、きっと娘も安心でしょうから」

「俺？　いえ、俺はただの、元・同僚でしかないんですが」

「あら。てっきり、あの子はもう、あなたへの好意を打ち明けているのだとばかり」

「はあ……？」

それは勘違いだろう、さすがに。

俺はあいつと会って長くもないし、休日に遊びに行くような仲でもない。

職場で教育係として付いていた程度の人間だ。

しかも、男の頃の話だぞ。

「あなたのことを話す娘は、幼い頃の明るく活発だった時の顔をしていました。私も、今日会って、こうしてお話して……あなたのことは、悪い人間ではないと分かりました」

良い人認定を受けてしまった。

無理に褒める必要はないが、結局それって何も褒めるべき所のない人間への言葉ではないだろうか。

だがさっきから、俺はこの人の話にずっと引っ掛かりを覚えている。

「佐々木さん、間違っていたら申し訳ないんですが……。あなたはどこか、自分が当事者でないように思っていませんか？　先ほどから伺っていると、佐々木家が、本家の人間が……。そこに、あなたの意思はなかった、と？」

「………」

香苗さんがわずかに目を伏せる。

図星を突かれたのか、気配にわずかに怒気を孕《はら》んでいる気がした。

「あなたはずっと娘を気遣っていたかのようなことを言っていましたが、俺から言わせて貰えれば、あなたも周囲も、どちらも望さんに対して虐待めいたことをしているようにしか思えない。そうして、今度は俺に頼ろうしている。娘を一番に守ってやらなきゃいけないのは、本当はあなたじゃないんですか？」

「私だって！」

静寂の病室に、香苗さんの声が響く。

「私だって本当は、我が子にそんなことしたくはなかった……！　でも、夫はあの子が生まれて三年で死んで、嫁《とつ》いで来ただけの私が、たった一人でできることなんて何も……！」

「たとえそうであったとしても、あなたは周囲の圧に負けて、望さんの心を守ることを放棄《ほうき》したんだ。あいつは馬鹿ですが、人を思いやれる人間だ。それが親ならなおさらでしょう。なのに、望さんに何も言わず、ただ伝統を守ることに固執《こしつ》したんじゃないんですか」

少し言い過ぎたかもしれない。

香苗さんは俯き、黙ってしまった。

本当は他人のお家事情など、首を突っ込むべき案件ではないのだろうが、どうしても言わずにはいられなかった。

別に佐々木のことをどうこう思っている訳ではないが。

ふらりと立ち上がった香苗さんが、無言で病室を出て行こうとする。

ドアを開けると、そこには佐々木が立ち尽くしていた。

「あ……」

「望……？」

佐々木は一度、室内の俺を見ると、踵《きびす》を返して走り去ってしまった。

香苗さんが佐々木を呼ぶ声が廊下に反響する。

やれやれだ。そこで立ち止まってしまうから、溝も埋まらないんだろうに。

まずは話を聞く。コールセンターに勤める者なら当たり前のことだ。

「今すぐ後を追わないと、後悔しますよ。佐々木家の人間としてでなく、あなた自身がどうであるのか、きちんとあいつに伝えないと」

「……ええ」

すぐに香苗さんも、パタパタと足音を立てて走って行った。

●

「あいつ、俺のスマホまで持って行ったじゃないか！」

親子のドラマに流されそうになっていたが、そういえば佐々木にはスマホを取りに行って貰っていたんだった！

うわあ、どうするんだ。

俺の活躍を見て、ぜひウチにという企業から連絡が入っていたりしたら。

あ、でも俺は死んだことになっているんだっけ……。

くそ、気になってしょうがない。早く戻って来ないだろうか。

ベッドでそわそわとしていると、ドアがノックされた。

「はい」

今日は来客が多いな。

入って来たのは三人の男だった。

ビシッとスーツを着こなし、全員が一筋縄《ひとすじなわ》では行かなさそうなオーラを纏っている。

「失礼します。山岸直人さん、でしょうか」

「そうですが」

先頭で入って来た初老の男の言葉に答えながら、すかさず《解析》を使う。

名前は山吹武彦《やまぶきたけひこ》。特記事項には、警察庁長官と記されていた。

レベル1であることから、探索者ではないようだ。ただし、放っている圧は後から入って来た190センチ近い大男たちよりも上だ。

「警察庁長官を務めております。山吹武彦、と申します。この二人は……」

この男が、鎮圧を協会に要請した長官か。

他の二人も見ておく。神谷《かみや》と田村《たむら》という男だ。階級はどちらも警視、レベルは1だがステータスは高めだった。

そこで俺は違和感に気付いた。

いつも通りの《解析》のはずなのだが、ステータスだけでなく職業なども見えている。

レベルは変わっていないし、上位スキルとやらにもなっていないのだが、これはスキルが統合された結果だろうか。

利便性も上がっているのだが、そこで新たな疑問が生まれた。

警察の人間は、全員レベル1……つまり探索者ではなかった。

公務員法にでも抵触するのだろうか？

その辺りは、後で調べてみるか。

「山岸さん、どうかなさいましたか？」

考え込む俺に、山吹長官が話し掛けて来た。

警察の人間を前にしたことから、緊張しているのかと気を使ってくれたのだろうか。

「あ、いえ。ただ、神谷さんと田村さん？　がずいぶん大きな方だな、と思って」

「ああ……。彼らは私の警護も務めております。どうぞお気になさらず」

圧がすごすぎて、気にしないのは無理だ。

俺が椅子を勧めると、山吹長官はそれを断った。

そして深々と頭を下げられる。

「この度は、我々警察の不徳により、山岸さんには大変なご迷惑をお掛けしてしまい、誠に申し訳ありませんでした」

「頭を上げてください。別に俺は、今回のことで警察全体が悪だとは思っていませんから」

それはこれから決まることだが。

もし仮に、山吹長官との話がこじれれば、俺は警察と完全に断絶することもあり得る。

改めて椅子を勧めると、頭を上げた山吹はようやく座ってくれた。

「それで、謝罪だけに来た、という訳ではなさそうですが」

まずは軽く探りを入れて行く。

「西貝次郎……。彼の暴走について謝罪するなら、わざわざあなたが来る必要もないはずだ。何か、あなたにしか話せないことがあって来たのでは」

「……ええ」

読みは当たったようだ。

単なる謝罪ならこんなに物々しい様子で来なくたっていいだろう。それこそ、警視総監辺りが来ればいいんじゃないだろうか。

「佐々木望さんをご存じですね」

「ええ。……元・同僚です」

その辺りは強調しておく。今の俺とあいつは、本当に何の関係もない赤の他人だ。

「西貝次郎は、彼女……佐々木さんを誘拐、関西の反社会組織を通し、レムリア帝国へ人身売買を行おうとしていたようです。その途中、逃げ出した佐々木さんはあなたに助けを求め、結果として今回の事件が起きました」

レムリア帝国。

中国のある大陸で突如半島を制圧し、そのまま独立。国土を広げ続けている新興国だ。

あまりいい噂は聞かないが、まさかこの事件にも関わっていたとは。

「西貝に不当な尋問を受けたかと思いますが、それもあなたが佐々木さんから何か聞いていないか、それを引き出す意図があったようです」

結果として、それが西貝の破滅へ繋がったのは皮肉なことだ。

「他にもこの事件に関わっている連中……例えば、関西の組織なんかはどうなります？　未遂とはいえ重大な犯罪なんです。全員検挙するくらいの態勢で動いて貰わないと、こちらも安心できないですよ」

「もちろん、そのつもりです。我々はあなた方を守るために存在している。二度とこのようなことは起こさせません」

西貝や神田のせいで警察には不信感があったが、山吹長官は多少はまともらしい。

「用件はそれだけでしょうか？」

話は終わったと思うのだが、まだ何か言いたげな山吹長官に、俺は問い掛けた。

「いえ。ここからが本題です。山岸さんは、『ウィザード』という組織をご存じで？」

「……山根さんからは聞いていますが、私にはなんのことかさっぱり」

間違いなくスキル《八意思兼神》のことであるのだが、何がどうなってその『ウィザード』とやらがやったことになっているのか分からないので、別に嘘はついていない。

「そうですか……。あんな動画で命がけの告発を行ったあなただ。まさか無策でそうした訳ではないと思い、関係を推測していたのですが……。邪推《じゃすい》でしたね」

「ええ。実際、無策もいい所でした」

そりゃ、取り調べを生中継しただけで撃たれることになるなんて普通は思わないだろう。

今思えば、《バーサクモード》で色々はっちゃけてなければ動けなかったかもしれない。

「神谷君」

「はい」

山吹の言葉に、神谷が頷く。

すると、持っていたボストンバッグから厚さが一〇センチほどもある封筒を取り出した。

いやいや、なんだそれ。

まさかだよな？

「こんなことを言うと我々の未熟さを認めてしまうのですが……。この度の事件では、あなたがいなければ、一般市民が命を落とすところでした。なんらかのお礼をしなければ不義理というものですが、我々も立場上、表立ってこういうことはできませんので……」

「……」

思わず受け取ってしまった。

見るからに分厚く、ずっしりしている。

まさか封筒に入れたカステラという訳ではないだろうし、感謝状が束で入っているということもないだろう。

つまり、中に入っているのは……！

…………引っ越しするにもアパートの窓を直すにも、お金は掛かるからな……。

だが、果たして受け取ってしまっていいものか？

お礼と言えば聞こえはいいが、言ってみればこれは、自分たちの体裁を守るためにこれで黙っておいてくれ、という含みでもあるんじゃないのか。

そう考えると、結局俺の嫌いな奴らと同じじゃないかと思ってしまった。

受け取った封筒を神谷に突き返す。

「受け取れません」

「……信用してはいただけない、と？」

少し雰囲気が変わった。

信用も何も、俺は最初から彼らの体質が好きじゃない。いつも問題が起きてから動くしかできない所も、市民からの通報に重要性なんて言って順序を付けることも、だ。

もちろん仕方のない部分だってあるだろう。歯がゆい思いをしている警察官だっているはずだ。

だが、この金がその思想の体現だとすれば、俺が心を許すことはない。

「昔、コールセンターアドバイザーとして、あなた方の組織にも行ったことがあります」

「ほう、それはご苦労様でした」

「はっきり言って酷かった。市民からの緊急性の高そうな通報も後回しにしてしまうような有様でした。あれじゃ、俺たちの職場じゃ指導が入りますよ」

山吹は失笑したようだった。まるで、我々とは立場が違いすぎると言わんばかりだ。

立場は違うだろうが、仕事に対するプライドは俺だって負けていない。

一人一人に真摯《しんし》な対応をしてこそ成り立つ仕事なのだ。

「端的に仰《おっしゃ》ってください。一体、何を求めておられるのでしょうか」

「少なくとも、こういった形のものでないことは確かです。私のような人間に役目を奪われてしまうような……腐敗も横行させてしまうような、その体質を改善していただきたい。誰が辞めただとか、処分を受けただとか、そんなもの責任を取ったとは言わないでしょう。お分かりですよね、警察庁の長官殿であれば」

「…………」

「貴様、言わせておけば！」

神谷が食って掛かって来る。

田村も立ち上がりそうになっている。

「神谷、田村！」

そんな二人を、山吹が一喝して止めた。

空気がびりびりと震える。

「山岸さんのお考えはよく分かりました。一市民からの貴重なご意見として、我々警察の体制を見直す際の資《し》とさせていただきます。それでは、本日はこれで」

来た時とはえらく違う険のある態度だ。

あまりにもずけずけと言い過ぎてしまっただろうか。

穏便に済ませようと思ったのだが、どうもヒートアップしてしまった。

三人が出て行ってから、俺はさっきの封筒を思い出していた。

貰っておけば生活も楽になったかもしれないが……。

まあ、後悔はしていない。

長官を追い返してから一ヶ月。季節は冬に移り変わっていた。

雪でも降りそうな寒空の下、俺は病院の前で大きく伸びをしていた。

「ようやく退院か。いやあ、長かったな」

「先輩、お勤めご苦労様です！」

「いや、刑務所に入っていた訳じゃないからな」

ぐっと頭を下げる佐々木に、とりあえずツッコミを入れておく。

「それにしても、佐々木は仕事が決まったんだろ？　こんな所で油を売っていてもいいのか？」

そう。こいつは俺がベッドの上でまともにトイレにも行けないでいる間、ちゃっかり就職先を決めやがったのだ！

「お前、大学はどうするんだ？」

「大学は中退しました」

「そうか……」

まあ、無理して大学に行って就職のチャンスを棒に振るよりいいか。

「今日のことはきちんと山根さんにも許可を貰ってますよ。先輩を迎えに行くって言ったらぜひ行って来いって」

「ん？　お前、自衛隊に入隊したんだっけ」

その割には髪も長いままだな。

「違いますよ！　協会職員ですよ！」

「ああ、それで山根さんが上司なのか」

陸自は協会の上部組織だというが、どうやら上司になったのも山根らしい。

協会の職員も公務員だから、なおさら学生でいるよりはいいだろう。

「それに、私も正式な探索者なので！」

「正式？」

「はい。講習でなれる探索者はコアを売って稼ぐ完全歩合《ぶあい》制ですが、協会側の探索者は、ダンジョン内の通信設備設置なんかがメインなんです。大きく稼げもしないですけど、きちんと収入が安定してるんですよ」

「なるほど……」

コールセンターにはよく、携帯がダンジョン内で使えないことがあると入電があったが、その謎が解けた。専門でやってる通信士ではなく、いわば素人による作業だったのだから、そりゃ精度も低いんだろう。

……しかし……。

まさか佐々木に、就職で先を越されるとは……。

「先輩、タクシーが来ました！」

「言われなくとも、目の前に停まったんだから分かるよ」

俺の返しに、佐々木が微笑みを向けて来る。何が楽しいのやら……。

「千葉の桜木《さくらぎ》まで」

シートに体を預け、溜息をついた。

帰るまでに一時間ほどは掛かるだろう。

目を閉じて、俺は色々なことを考えていた。

まずはこの一ヶ月すっかり放置していたダンジョンのこと。

そして、連日お茶の間を騒がせている、警察官による民間人殺害未遂事件。

結局、あの事件の当事者でありながら唯一生き残っていた神田も、護送中に錯乱し、拳銃を奪って逃走。現場判断による射殺という結末になった。

俺にしようとしていたことを、自分の身で受けた訳だ。

そして、前・警察庁長官……山吹の自殺。

関わった人間が皆、消されて行く。

ここまで来ると気味が悪いが、俺に火の粉が降り掛かって来ないことだけを祈ろう。

ネットでは俺が文字通り星になった扱いを受けていたが、SNSで生存を報告すると、それはそれで祭りになった。

まあ、それはすぐに収まってしまったのだが、問題はその後だ。

あれだけの活躍をして、テレビのリポーターだって俺の名前は伏せながらもヒーロー扱いをしているほどなのに……。

面接が！　決まらない！

何故だ!?　そりゃ、履歴書に『殺されそうになった親子を身を挺《てい》して守りました』なんて書いちゃいないが、それでも面接くらいはしてくれたっていいだろう！

ネットには実名だって出ているし、今のご時世、企業は応募者のＳＮＳまでチェックするという。

やはり、警察と揉めていそうなのが理由か？

そう考えていると、山根は、

「きっと山岸さんが有名になりすぎたからですよ。恐れ多いんでしょうね。いやあ、さすが山岸さん」

とニコニコしていた。

一ヶ月毎日お見舞いに来ていた暇人め。やはり、二尉というやつは軍曹より身分が下で、使えないから仕事もなかったりするんじゃないのか？

そしてこれはどうでもいいことなのだが、警察からは『警察協力章』というものを貰った。

荒田警視正《あらたけいしせい》という男が届けに来てくれたのだが、まあこの男、不愛想すぎる上に俺を快《こころよ》く思っていないのが目に見えている。

「表面上だけでも仲良くしておいた方がいいですよ」

と言って来た山根に免じて受け取っておいたが、正直言って要らない。

そんなことを考えているうちに、タクシーは俺のアパートの近くに着いた。

狭い路地は何故か人だかりができていて、中まで進むことができないため、仕方なく降りて徒歩で進む。

「すみません、通してください」

俺が階段を上ろうとすると、何故か人だかりのざわめきが大きくなったが、一体なんだというんだ。

その疑問はすぐに解決した。

「うわあ……」

「これは酷い……」

部屋の中は荒れ放題だった。

そこら中の物がひっくり返され、衣類は片っ端から床に放り投げられている。

「空き巣でも入ったんですかね?」

床に投げられていたパンツを拾った佐々木が呟く。それを奪い取りながら、俺は「もしかして警察が腹いせに踏み荒らして行ったんじゃないか?」と邪推した。

だが、どうやら佐々木が正解であったらしい。

「空き巣が四部屋も?」

大家の杵柄《きねづか》さんが訪ねて来て、俺はてっきり家賃の催促だと思って身構えたのだが、話はもっとややこしいものだった。

俺の所を含め、この『メゾン杵柄』に一度に四部屋、空き巣が入ったらしい。

「ほ、本当ですか!?」

声を上げたのは佐々木だ。

何故か慌てた様子で部屋を出て行った。

どうして借主の俺じゃなく、お前が慌てるんだ。

「ああ、それで人が集まってたのか」

「そうなの。一階の小塚《こづか》さん、その空き巣とばったり出くわしたみたいで。それで通報したらしいんだけど、手が足りてないのかまだ来ないのよ」

ずいぶん悠長《ゆうちょう》なことだ。

俺が襲われている時もなかなか来てくれなかったからな、あいつらは。

だが、どうやらこれが警察が現場検証か何かで入って踏み荒らして行った訳でないことが分かった。よく考えてみれば、泥の付いた靴で押し入らないよな、警察は。

「犯人はどんな奴だったんですか？」

「黒いジーンズとグレーのコート着てたって。顔はマスクしてたし、年齢も分からなかったけど……身長は、あなたより高い感じだって」

どうして俺に譬《たと》えるんだ。まあ、俺より高いということは一七〇センチくらいってところか？

特徴なんてないに等しいな。服は脱げばいいんだし。

「……あっ!?」

唐突に思い出し、急いでデスクの引き出しを開けた。

焦って一段目を開けると、当然のようにそこにはミニチュアダンジョンが鎮座《ちんざ》していた。

だが、用があるのは二段目だ。

そこには俺の全財産が……！

「……やられた。通帳と印鑑を持って行かれている。すぐに口座を止めなきゃ……」

「先輩？」

「うおっ」

ひょいっと顔を出した佐々木が、デスクの中をじっと眺めている。

あ、ヤバい。ダンジョンがバレる……。

そして佐々木は、その細い指をダンジョンに近付けて行く。

もし佐々木に触られたら……！

「へー」

だが、佐々木の指はダンジョンを闊歩《かっぽ》するモンスターを素通りし、ついでに石のタイルもすり抜け、中から何かをつまみ上げた。

「くすっ、先輩、まだ履歴書は紙とボールペンなんですか？　今はパソコンでも作れるのに」

「あ、ああ……？」

佐々木は、何事もなかったように履歴書を眺めて笑っている。

おい、なんで笑うんだ。じゃなくて……。

見えてないのか？

「なあ、佐々木」

「はい？」

「ここ、何が入ってるように見える？」

「え？　ん――……履歴書と、職務経歴書？」

「……ああ、そうだな。ありがとう」

「？　変な先輩」

一瞬焦ったが、どうやら嘘をついている訳ではないらしいので安堵した。

理由は分からないが、このダンジョンは俺だけにしか見えないし、触れないのか？

疑問を抱えながら、銀行に口座を停止するよう連絡した。

「それで、何かやられてた？」

杵柄さんが近づいて来る。

彼女にもダンジョンは見えていないようだ。

「ええ。通帳と印鑑です。まったく、なんてこった……。ああ、そうだ。窓ガラスなんですが」

「後で払ってくれればいいよ。家賃もね」

「え、ええ。はい。分かりました」

本当は一瞬、大家側で直してくれるかも～なんて期待したのだが、駄目らしい。

俺が割った訳じゃないのに！　と言いたいが、やった張本人はとっくにモンスターの栄養になっている。

修理は手配してくれるらしいから、窓なしで冬を乗り切るようなことにはならないようだが……。

「はあ～……」

溜息しか出ない。

修理と掃除が終わるまで、ホテルでも借りるか……。

本当に金がないんだがな。

「あ、あの、先輩！」

「ん、どうした？」

佐々木が顔を真っ赤にして俺を見ている。

なんだこいつは。

「よ、よ、良ければ、私の部屋に泊まりませんか⁉」

「はあー？　お前、今から成田まで行けって言うのか」

「あ、い、いえ、私今、この隣の部屋に住んでいるので……」

「………はあ？」

今、こいつなんて言った？

隣の部屋？

いやいや、そこには山口君《やまぐち》という、一人暮らしでバイトしながら大学に通う苦学生が住んでいたはずだが。

一応確認してみると、確かに隣の部屋には『佐々木』というプレートが付いていた。

山口君はどこへ行ったんだ。

「先輩の所に西貝たちが来た翌日に、『こんな危険な所にいられるか！　俺は引っ越すからな！』と、出て行ったらしいですよ」

それ、雪山のロッジで密室殺人とか起きた時の死亡フラグじゃないか。

しかもこいつ、それを聞いてこれ幸いとちゃっかり滑り込んだってことだろう？

人が撃たれて入院している時に、時間を有効活用しすぎだろう。

佐々木は佐々木だが、このまま泊めて貰うのは非常に癪《しゃく》なので、警察の対応が終わった後に千葉駅前のホテルを取ってやった。

その間、佐々木はずっと「私の部屋ならいつでも空いてますよ！　タダですよ！」とアピールしていたが、全て無視してやった。

●

翌朝。ホテルから出て不動産屋へ家賃を支払いに行った後、アパートへ向かった。

するとアパート前に軽トラが停まっていた。側面には『橋本《はしもと》ガラス』と書かれている。

どうやら業者らしいが、ずいぶんと早いな。

業者らしい男と話している杵柄さんと目が合った。

「三万円か……」

やや愛想のない作業員に告げられた見積もりによれば、作業は早くても二日掛かるらしい。その間は養生《ようじょう》テープとプラベニヤの応急処置で乗り切れということだ。

そして料金が三万円也。無職の俺には痛い出費だ。

今朝見たらステータス制限が解除されていたので、手持ちの金でスクラッチくじでもやりに行くか……。

早速作業に移ってくれるらしい職人さんの後に続き、俺も階段を上がる。

少し作業を見学させて貰おうと思ったのだ。

すると、通路の途中の部屋が少しだけドアが開いているのに気付いた。

中からジトッとした目でこちらを睨んでいる佐々木が見える。

「なんだよ」

「……ふんっ」

佐々木はバタンと大きめの音を立ててドアを閉めてしまった。何やらご機嫌斜めらしい。

業者の作業自体はすぐに終わったが、その後俺には部屋を住める状態にするという仕事があった。

布団や衣類も全て泥にまみれており、コインランドリーを何往復もさせられる。

最終的に戻って来たのは夕方だった。

「さすがに、ベニヤじゃ寒いな」

隙間風が吹き込むようなことはないのだが、あくまで応急処置であって、窓に比べれば全然だ。

今日は暖房を最大にして過ごそう。来月の電気代が怖いが。

ホットココアを入れて一息ついていると、ようやく日常に戻れた気がした。

ここのところ、気が休まる暇がなかったからな。

無職であることを除けば、いつも通りの平和な日常だ。

そう、まずは就職をしなければいけないのだが、それにしても最近のお祈り率は異常というほかない。

入院中、実に一一八件も送ったメールは、全てお祈り申し上げる文章になって返って来た。さすがに異常すぎないか？

縋《すが》るような思いで求人を探していると、気になる広告が目に入った。

日本ダンジョン探索者協会の職員募集の広告だ。

クリックすると、日本ダンジョン探索者協会のホームページに直接飛ばされた。

トップにはイベント情報が載っている。どうやら、探索者ではない一般人に向けたツアーもやっているらしい。

参加は無料。

「ここから一番近いのは、貝塚《かいづか》公園か。そういやあの時助けてくれた楠って人も、貝塚ダンジョンに勤めてるんだっけ」

貝塚ダンジョンは落花生が特産品らしく、参加すれば貰えるらしい。

別に、落花生に釣られた訳ではないが、たまの気分転換にはいいだろう。

俺はダンジョンツアーに申し込んでみることにした。

第三章

ダンジョンツアー当日。

「寒いな……」

独り言ちながら、俺は会場へ向けて歩いていた。

以前はこの程度の寒さ、大したことじゃなかったんだが、退院してからやけに肌寒く感じるのだ。

ダウンジャケットを着ているのだが、それでも震えが来るレベルだ。

その原因は間違いなくこれだろう。

【ステータス】のボタンを押すと、現在のステータスが表示された。

名前：山岸直人　年齢：41歳　身長：162センチ　体重：71キログラム
レベル：449　HP：4490／4490　MP：4490／4490
体力：17（＋）　敏捷：15（＋）　腕力：16（＋）　魔力：0（＋）　幸運：0（＋）　魅力：2（＋）
所有ポイント：390

一応、ステータスはダンジョン内で不測の事態があった場合に備えてリセットしておいた。

敏捷や魅力は少しだけ上がっているが、これは理由が分からない。

それよりご覧の通り、体重が30キロ近くも減っている！

病院で一ヶ月も不健康な食事を出されたせいで、かなり痩《や》せてしまった。

味は薄く、野菜ばかりで肉もほとんど出ない酷いメニューだった……。

おまけに何時間もリハビリで歩いたりもしたし、痩せないはずがない。

まったく、恐ろしい所だった。

もう二度と入院はしたくない。

おかげで防寒能力を失った俺の体は、駅からそこそこ歩かなければいけないダンジョンに行くまでに何度も「帰りたい」と悲鳴を上げていた。

だが、一度行くと決めたなら、ドタキャンだけはしてはいけない。それが社会人の常識だ。

「何か温かい物……おっ」

コンビニを見つけた。

急いで駆け込み、肉まんを七個と温かいM◯Xコーヒーを三本買い込んだ。

これだけ食糧《しょくりょう》があれば事足りるはずだ。

コーヒーを一口飲むと、強烈な甘さが舌を通り抜けた。

「やっぱり至高だな」

500ミリ缶なのだが、一気に飲み干してしまった。

さらに間髪入れず肉まんにかぶりつく。

病院では決して味わえないジャンクな味に、細胞が喜んでいるのが分かる。

帰りは牛丼ギガ盛りを二個にしよう。たまには贅沢しなきゃな。

ここ一ヶ月は体を虐《いじ》めていたのだから、そろそろご褒美をあげてもいいはずだ。

などと考えながら一五分ほど歩くと、ようやく会場が見えて来た。

途中のゴミ箱にゴミを捨て、ずんずんと進んで行くと、プレハブの建物に着いた。

大きな文字で『日本ダンジョン探索者協会・貝塚ダンジョンへようこそ！』と書かれた看板が掛かっている。

想像していたよりもアットホーム感漂う場所だ。

中には長机に座った女性たちが並んでいた。受付ということらしい。

その前には中高生くらいの子供たちや、買い物帰りかというラフな恰好の主婦らしき女性たちが並んでいる。

もっとこう、殺伐《さつばつ》とした雰囲気を想像していたのだが……。

ダンジョンって、命がけで挑む危険な場所じゃなかったのか？

戦いを好みそうな屈強な男など、見回した限りではいなかった。

肩透かしだな、と正直な感想を浮かべていると、受付の女性に呼ばれた。

「次の方ー！」

机の前に立った俺は、そこに座る人物を見て眉をひそめた。

「佐々木、お前何やってるんだ」

「あっ、先輩！　今日はメンテナンスの仕事はないので、ツアー受付のヘルプです！」

そう言った佐々木の恰好《かっこう》は、何故かセーラー服だった。周囲の女性たちも同じ恰好なので、協会職員の制服なのだろう。

そういえば、強行部隊とやらも何故か白い学ラン着てたよな。

とんでもない変態か、あるいは時代錯誤な奴がトップなんだろうか。

「先輩、ツアーに来たんですか？」

「ああ。他にあるか？」

「へー……」

「おい、なんだその反応」

「いいえ、なんでも」

佐々木がポニーテールに纏めた髪を左右に振りながら答えた。気になるだろうが。

「おや、山岸さん」

「山根さん」

受付の後方から山根が出て来た。

「山岸さんはダンジョンに興味がない、と仰っていましたので、こんな所で会えるとは思いませんでした。奇遇ですね」

「ええ。山根さんはどうして？　貝塚ダンジョンの攻略か何かですか？」

「いえいえ。こういったツアーの日は、万が一にも一般の方に危害が及ばないよう、我々のようにレベルの高い探索者が護衛に付くんです。たいていこちらの事情は考慮せず命令される訳ですが、まあ、断る訳にもいきませんから」

「なるほど。あ、そうだ。参加すると貰える落花生って、もしかしてモンスター倒してドロップを狙ったりするんでしょうか?」

俺の言葉に、山根は「まさか」と肩をすくめた。

「ツアーはあくまで、ダンジョンについての正しい見識を持ってもらうための場ですので。危険はありません。ですが絶対はあり得ないので、私のような者が警護に付いているという訳です」

話を聞くと、基本的にここのように市街地に近いダンジョンは、警備も協会がやるらしい。山中のように人の生活とは離れた場所は自衛隊が担当するのだという。

「では、佐々木君。そろそろ皆さんを案内するから、君も付いて来るといい。私のサポートに入ってくれ」

「分かりました!」

佐々木のステータスを見ると、この間までとは違い、既に20近いレベルになっていた。

そこらのモンスター程度ならなんとかなるのかもしれない。

まあ、危険はないというし、彼女の出番もないだろうが。

受付を終えると、佐々木から首から下げるカードを渡された。

『千葉No.F　貝塚ダンジョン　19番』と書かれている。意味を推察していると、佐々木が教えてくれた。

「それはダンジョンのランクですね。一階に出現するモンスターの強さでダンジョンのランクが決定されるんですが、Fは現存のダンジョンでは最も弱い部類に入るんです。最後の19は、先輩の受付番号です」

「ふーん……。ちなみに、ここはどんなモンスターが出るんだ?」

　Fランクといえどモンスターはモンスターだ。

　場合によっては気を引き締めて掛からなければならない。

「出ませんよ」

「は?」

「ここの一階は、落花生が生えてる通路しかないです。二階も歩いてる落花生がいるくらいですね。

まあ、攻撃もして来ないし、主婦や子供も落花生拾いに来れる程度の危険度です」

「お、俺の思ってたダンジョンと違う……」

「あはは。Dランクにもなれば、一階だろうと襲って来るモンスターはいるそうですが、そういう所は見学もツアーもありませんので。こうしたツアーが開かれてるってことは、それだけ平和ってことです」

　なるほどな。

　まあ、リアルなダンジョンは初心者の俺にとっては、うってつけということだろう。

「ツアー参加者の皆さん! 五分後に出発いたしますので、今のうちにご準備ください!」

●

トイレを済ませて戻ると、参加者たちが一箇所に集まっていた。

中高生の若者が八人に、年齢がバラバラの主婦が七人、会社員などが三人。

《解析》を使って確認すると、見事に皆、レベル1の素人であった。

名前：鈴木洋子《すずきようこ》　職業：主婦　レベル：1
名前：山田由紀夫《やまだゆきお》　職業：高校生　レベル：1
名前：田村昇《たむらのぼる》　職業：公務員※課長　レベル：1

……。

ただ、中には魅力の数値がわずかに高い者もいる。

特に若者や、なんらかの役職に就いている者は高い傾向にあるようだ。

だんだん、ステータスについて分かってきた気がする。

一般的には数字が20前後なのが平均的らしい。

あれ？　そう考えると、俺のステータスって最弱じゃないのか……？

「山岸せーんぱいっ！」

俺は溜息をつきながら後ろを振り返る。

「佐々木、お前は引率と護衛が仕事なんだろ？　一人だけを贔屓《ひいき》にするのは、社会人として失格だぞ」

「うっ……」

「分かったら、ちゃんと持ち場に就け」

「………はーい」

せっかく就職ができても変わらない奴だ。

俺はもう先輩じゃないんだから、むやみに懐《なつ》いて来るのはやめてくれ。

「難しい顔をされて、どうかしましたか？」

「いえ、別に。それよりすごい装備ですね」

山根は迷彩服にベストを着け、拳銃とナイフを差していた。肩がけした紐《ひも》には黒光りする小銃が付いている。

「やっぱり危険なんじゃないですか、ここ？」

「いえいえ、こういった装備を持った人間がいる、ということで安心感を持って貰うためですよ」

「はあ……。あの、ところで、佐々木のことなんですが」

俺が佐々木の名を出すと、何を想像したのか山根は少し表情を緩めた。

断じてプライベートな話ではないんだが。

「特に何かやらかしてる訳じゃないんですが……。まだまだ未熟な所もありますので、こういった場面でも公私を混同してしまうきらいがあります。今後もご迷惑をお掛けするとは思いますが、どうか根気強く、ご指導してやってください」

軽く頭を下げると、山根は何か納得したように頷いた。

「ええ、大丈夫ですよ。山岸さんのためにも、きちんと立派な社会人になるよう、私が責任を持ちますから」

何か勘違いしてないか？

「ああ、そうだ。これも聞きたかったんですが、協会職員の制服ってなんなんですか、あれ。セーラー服に学ランって」

「それですか。現職の幕僚長の発案なんですが、この方がかなりお年を召されておられまして……。彼の考える硬派のイメージが、これなんだそうです」

なんだそれは。

学ランは百歩譲っていいとして、セーラー服って……。

あ、いや、でもセーラー服は元々、水兵の制服なのか。

なら、硬派といえば硬派……なのか？　俺が意識しすぎてるのか？

「あんな薄着だと、佐々木君が心配ですか？」

「えっ？　いや、別に佐々木だけでは……。ただ、あれで戦えるんでしょうか？」

白と紺が眩しいオーソドックスなセーラー服に黒タイツをはいているだけで、佐々木は完全に、その辺の女学生と変わらない恰好だ。レベル20になるまでには相当な戦いも積んで来ただろうに、毎回この服でダンジョンに潜るのはさすがに厳しくないだろうか。

それに、二〇歳にして女子学生と同じような服を着るのは見ているだけで痛々しい。武器もサバイバルナイフだけって。もっと銃とか……は駄目か。

「ふふ。ご安心を。ただの服に見えて、防刃・防弾能力を兼ね備えた特殊繊維《せんい》を使用しています。さらに熱にも強く、環境の変化にも対応できます。」

それってケブラー繊維とか、ああいうのだろうか。

一着数万ではくだらなそうな制服だが、それを職員全員に支給って、協会って儲《もう》かってるのかな……。


そうしていると、職員の指示で参加者たちが並んだ。

俺は一番最後、背後には殿《しんがり》を務める山根が立つ。

「前には楠がいますから、ご心配なく」

確かに、あの日俺を助けてくれた男が列の先頭にいた。

《解析》してみると、相変わらずの高いレベルが見える。

ついでに山根も見ると、気になる表記が見えた。

名前：山根昇
職業：軍人※陸上自衛隊所属　内閣情報調査室所属、日本ダンジョン探索者協会所属特殊戦隊班

職業名の所がやたら長い。

自衛隊はいいとして、内閣情報調査室とはなんだ？　ダンジョン協会とも何か関係があるんだろうか。

後はついでに、佐々木のステータスを見ておいた。

すると、職業名には『公務員』と記載されている。

なんだか置いて行かれた気分だ。

その他のステータスは平々凡々《へいへいぼんぼん》といったところ。強いて言うなら敏捷値が高いくらいか。

俺のように、急激な変化はしないのだろうか？

相変わらず所有ポイントも振り分けていないようだし……。

前の列に付いて歩き、大きめのプレハブの家屋《かおく》に入ると、地下鉄に下りるような階段が現れた。

人が二人並んで下りられるくらいの幅だ。地上からでは底の方は見えない。

ただ、壁に設置されたＬＥＤライトのおかげで、少なくとも足を踏み外すようなことはなかった。

ようやく下りきると、石畳を踏んだ。

「それでは皆さん、ステータスオープンと言ってみてください」

先頭の楠の言葉で、参加者たちが「ステータスオープン」と口々に発した。

そうか、普通はダンジョンに入ってからキーワードを唱えないと見えないんだっけ。

俺は気恥ずかしさを覚えながらも、不審に思われないようステータスを開いた。

すると、レベルとHP、MPだけが表示される。プロフィールや能力値などは表示されなかった。

「山岸さんはダンジョンは初めてなのですね」

「ええ、まあ」

今、山根には俺のステータスが見えているらしい。

《隠蔽》の効果で、他人に見えるステータスは偽装されている。もしものために取っておいたスキルだったが、ようやく役に立った。

俺が眼の前に見えている通り、山根にはレベル1の探索者に見えているのだろう。

曖昧《あいまい》に答えを返し、下手なことを喋らないようにした。

周囲を見回すと、非常に広い空間になっていた。もっと石がごつごつした洞窟のような空間を想像していたのだが、きちんと舗装《ほそう》され、言われなければダンジョンだとは思えない。

高さは四メートルくらい、半径は一〇メートルくらいか？

ドーム状になっていて、そのままスポーツ大会くらいは開けそうだ。

おまけに、壁には水槽《すいそう》が埋まっていた。ますますダンジョンらしくないな。

ダンジョンは多少手が加えられることもある、と協会のホームページには書いてあったが、これは多少どころではないだろう。

「むき出しの壁や床では見栄えの問題もありますが、単純に危険ですので。コンクリートで固め、化粧ブロックで綺麗に見せているんですよ」

「ふむ……。俺としては、ダンジョンらしさを強調するために石の壁はそのまま見せた方がいいのでは、と思うんですが。まして水族館みたいにする理由なんて……」

「山岸さんは、東京タワー水族館をご存じですか？」

確か、スカイツリーができる前に東京タワーの一階で営業していた水族館だ。

２０１８年に閉業したんだっけ。

「ここに泳ぐ水生生物、あるいは暮らしている爬虫類《はちゅうるい》……。それらは全て、閉業の際に処分される予定だったものを引き取って来たのです。当時はダンジョンへの反感の方が多かったですから、いかにきちんと管理されている場所か、アピールしたいという目論見もありました。費用は掛かりましたが、結果として成功だったと思います」

なるほど。

彼らの新天地として、ダンジョンは立派に利用されているのだ。

何も人間の利益のためだけに使われる訳ではないようだ。

「皆さーん！　ツアーセットを忘れずに持って行ってくださいねー！」

職員の女性が参加者たちに呼び掛けている。

見れば、何やら大きなリュックを配っていた。

「ツアーセット？」

「山岸さんも貰って来た方がいいですよ」

言われるままにリュックを配る二人の女性の所に行った。

女性たちは、当然だが佐々木と同じ制服を着ている。

二人とも容姿が整っており、心なしか態度も他の職員とは違う気がする。

別にやましい気持ちはないが、一応《解析》しておく。

名前：漆原稀星《うるしはらきらら》　年齢：23歳　身長：152センチ　体重：43キログラム　レベル：90
職業：公務員※日本ダンジョン探索協会所属キャンペーンガール
名前：江原萌絵《えはらもえ》　年齢：20歳　身長：148センチ　体重：49キログラム　レベル：91
職業：公務員※日本ダンジョン探索協会所属キャンペーンガール

二人とも、レベルが高い。

それに、佐々木とは所属している部署が違うようだ。

職業欄にはキャンペーンガールと書かれていた。

道理でアイドル並みに可愛い訳だ。俺は詳しく知らないが、国民的アイドルグループにいてもおかしくないレベル。

「こちらをどうぞ！」

山岳部《さんがく》が使うような大きなリュックは、外側に小さなスコップや鍬《くわ》が括《くく》り付けられていた。

だが、大きさに反して軽い……。と思ったら、中はほとんど空っぽだ。

「はい、皆さん！　モンスター……じゃなくて落花生からは、皆さんご存じのダンジョンコアが出ますので、たくさん集めてリュックに入れていただければ、後ほどご精算の上でお支払いいたします！」

そうか、ここだと落花生がモンスター扱いだから、コアも落花生から出るんだな。

ダンジョンコアというのは一般的な俗称だったか。俺は説明会を思い出していた。

……ん？　いや、待て待て。落花生ってあのサイズだとしたら、コアなんて米粒みたいなものなんじゃないのか？　それで果たしていくらになるというんだ。

「おや、山岸さん。またも浮かない顔ですね」

「え？　あ、ああ、いえ。さっきは制服の説明をして貰いましたが、あのタイツも特別製ですか？」

思わずごまかしてしまった。

視線で漆原さんと江原さんを指す。

「あのタイツでは佐々木君が心配ですか？」

「さっきからなんなんですか……」

「大丈夫、あのタイツも制服と同じ素材でできていますので、脚は防護できますよ。防寒性能も高いんです。私としても、様々な観点からズボンタイプの方が良いと提言《ていげん》はしているのですが、上の人間はスカートでなければ人も集まらないし華《はな》がないと妙に拘《こだわ》っておりまして……。当の女性たちも、スカートの方が可愛いということで、私の案はあえなく却下されました」

「ああ、なるほど……」

山根が肩をすくめる。やっぱり協会の上の人間って、ただの変態じゃないのか？

まあ、佐々木も嬉しそうに着ているし、別にいいのか。

それに、協会の上の人間とやらの言葉通り、中高生共はさっきから佐々木をはじめとした女性職員の後ろに付いて回っている。

ある意味正解ではあるんだろうな。

●

楠を先頭に、ホールから通路へと進む。

そのうちに、コンクリートだった壁は剥き出しの石に、地面はブロックから土へと変わった。

人工物は壁に付いているLEDライトくらいなものだ。

「ここからは本格的なダンジョンエリアに入りますので気を付けてください」

江原が声を張った。すると中高生たちは元気良く「はい！」と答えた。

その顔に、綺麗なお姉さんとお近づきになりたいという色が浮かんでいるのを俺は見逃さない。

まあ、同じ男として気持ちは分からなくもないが……。

そんな光景を、主婦たちが生温かい目で見ている。いつもの光景なんだろうな。

「そろそろですね」

山根の言葉とほとんど同時に、通路が開けて大きな広場に出た。

学校のグラウンドほどの広さだ。地面はふかふかとした土になっている。

「これ、畑ですか？」

「はい。落花生畑です。我々が管理しているものではなく、ダンジョンが自動的に生産・管理しているものなんですよ」

「自動で？　それはすごい……」

楠が自由時間であることを参加者に告げている。入って一〇分くらいだが、いいのか？

他の参加者がどうするか見ていると、主婦たちがスコップを地面に突き立てた。

土から引きずり出した茎《くき》を思いきり引っ張っている。

そして掘り出されたのは、三〇センチはあろうかという巨大な落花生であった。

「は……」

思わずその異様な光景に圧倒されてしまう。

落花生ってなんだっけ？

さらに見ていると、今度は鍬を使って殻《から》を叩き割り、中から石炭色のダンジョンコアを取り出した。

非常に慣れた手際だ。

「すごいですよねえ、皆さん」

山根が呟く。俺も賛同した。

まるで職人のような手付きで、ザクザクと土を掘っては巨大な落花生を砕いてコアをリュックに放り込んで行く。

主婦ってすごいな。

「貝塚ダンジョンは、モンスターの質は高くはありません」

「ああ、佐々木から聞きました。Fランクでしたっけ」

「ですが逆に、危険もない。一時間で二〇～三〇個のコアを集められれば、決して低くない収入になります」

「な、なるほど……。確か一個が一〇〇円だから、時給二〇〇〇円ってことですか」

……一日八時間出勤で、一日の稼ぎが一万六〇〇〇～二万四〇〇〇円……。土日祝日は休みらしいから週五の出勤で八～一二万円か……。

おいおい、月給に直すととんでもないな!?

「月に五〇万稼ぐ猛者《もさ》もいますよ」

「!? そ、そんな情報、ネットじゃ見なかったぞ……」

「稼げる仕事は他人には教えないのが常ですからねー」

確かにその通りだ。

これなら俺も、ダンジョンで稼いだ方がいい気がして来たぞ……!

「す、少し俺も参加しようかな。せっかく来たんだし」

足元にあった茎を手で掴む。

「や、山岸さん⁉」

山根が何やら慌てている。さっき主婦はこうして引き抜いていたんだから、間違っていないと思うんだが。

軽く引っ張り上げると、土の中からボコボコッと連なった落花生が飛び出て来た。

「おお！」

たったこれだけで数百円か！

根に付いた落花生を掴み、根から剥がす。

「よっ」

落花生の殻を両手で裂いてみると、バリバリッと簡単に裂けた。

なんだ、鍬を使うくらいだから硬いと思っていたんだが、普通の落花生とそう変わらない強度なんじゃないか？

「……あの、山岸さん」

「はい？」

中から取り出した石炭色のコアをリュックに放り込んでいると、山根が何やら複雑な表情で話し掛けて来た。

「山岸さんは、何か特別な訓練はされていますか？」

「？　いえ……。人並み程度の体力かとは思いますが……」

「このダンジョンの落花生は非常に硬いです。ちょっと見ていてください」

なんだ？

確かに皆、鍬を使って壊していたけれど、何かまずかったか？

山根は落花生を一つ手に取ると、思い切り力を籠《こ》めて握った。

歯を食いしばり、ほとんど全力で握っていることが分かる。

やがて、バキバキッと殻が割れた。

「はぁ、はぁ、はぁ……。どうでしょうか？　ダンジョン産の落花生は、これだけの強度があります。私の握力は一〇六キロありますが……」

「握力一〇六キロ!?」

「驚きましたか？」

落花生の硬さよりそっちの方がびっくりだ。

やはり自衛隊員たるもの、年齢に関係なく限界まで鍛えるものなのか。

「もちろんそれだけではありません。これには、レベルを上げることによる能力値の補正が加わっています」

「レベルによる補正？」

「はい。レベルを上げることで、身体能力に補正が掛かるのです。レベルが5上がれば、ダンジョン内ではおよそ1%の能力向上。ダンジョン外だとレベル10で1%の補正になります……。現在、私のレベルは288。57%の補正値が上乗せされることで、単純に握力は一六三キロになります」

「へ、へぇ……」

嫌な予感がして来た。

あれ、これって、何か疑われてる？

山根がじっと俺を見て来る。

レベルによる補正値なんて知らなかったからうっかりしていた。

「…………なるほどー……」

「…………」

適当に相槌を打っても、山根の視線は逃れられない。

周囲は俺たちに目もくれず、夢中でコアを掘り出している。

俺もスコップを取り、わざとらしく地面に突き立てた。

「あー、結構深くに埋まってるんだなー」

「…………」

掘り出した落花生を手で砕こうとするも、できないフリをしてみる。

実際、もう少し力を籠めれば簡単に殻を砕けそうだった。

「あー、これは硬い！　硬いですねー。これは砕けないや」

「…………」

リュックから鍬を外し、ガンガンと殻に叩き付けて砕く。

その間も、山根はずっと俺に鋭い視線を向けたままであった。

「うん、最初は特別軟《やわ》らかかったみたいですが、やっぱり素手じゃ無理ですね！　さっきはラッキーだったんだなー」
我ながら苦しい言葉を吐きながら作業を続けていると、ウィンドウが表示された。
――スキル《八意思兼神》が発動しました。

げ。
おい、一体なんだってこんな所で発動しようとしてるんだ。
嫌な予感しかしないんだが。
すぐさまステータスを開く。

名前：山岸直人
体力：17＋〔152〕（＋）　敏捷：15＋〔134〕（＋）　腕力16＋〔143〕（＋）

能力の横に、カッコ書きされた数字が入っている。
おい、なんだこれは。
俺の疑問に、《八意思兼神》が回答した。

――山岸直人には、基礎ステータスを基準としてレベル1につき2%のステータス補正が付きます。

それだけログが流れるとウィンドウが最小化した。

待て待て、レベル1につき2%?

さっきの山根の話したものの倍だ。

腕力の数値が53で、素の握力が一〇六キロということだったから、単純に腕力の倍の数値が握力だと思っても良さそうだ。

だとすると俺は、補正値含めて腕力が159……。握力三一八キロ!?

そんなの、常に木にぶら下がってるオランウータンとかの領域だろ!

さすがに間違いなんじゃないかと思いもう一度山根のステータスを見るも、補正値を見ることはできなかった。

おい、《八意思兼神》仕事しろよ。

――スキル保持者以外のステータスについては基礎値のみ参照が可能となります。

――また、私は常に最適な仕事をしているため、現在無職である山岸直人に糾弾《きゅうだん》できるものではないと判断します。

なんだその辛辣な答えは。

俺だって、好きで無職やってるんじゃないぞ⁉

あと、なんか話し方にも意思が見えた気がするぞ。もしかしてその機械みたいな喋り方の裏では、人間みたいな思考してるんじゃないだろうな。

そう考えても《八意思兼神》はだんまりを決め込んでいる。

こいつ……！

「団長！」

ダカダカと走って来たのは、白学ランの男だ。

団長と呼ばれたのは周囲を見回していた楠だった。

「緊急事態です！　九階の探索者から、不審な集団より攻撃を受けているとの報告が！」

男の言葉に、参加者たちに動揺が広がった。

すぐさま引率の職員たちが落ち着かせようと声を掛ける。

楠は動かず、何やら考え込んでいた。

「楠、今は考えるより先に、緊急対処マニュアルに沿って応援の要請を。佐々木君は参加者の皆さんを地上へ！」

「っ！　はい！　参加者の皆さんは、これから出口までご案内します！　手荷物はそのままで構いませんので、遅れずに付いて来てください！」

山根の言葉で落ち着いたのか、佐々木が参加者を集め、引率を始めた。

「漆原君、江原君。君たちは佐々木君と共に、皆さんの警護を。他の者は九階へ向かう！」

漆原と江原以外の職員は皆、山根と共に先へ進んで行った。

俺たちはそれを見送ってから、佐々木の号令で元来た道を引き返す。

先頭はこの中では最もレベルの高い江原だ。

まあ、彼女がいれば安心だろう。

ステータスを弄っていなくても、レベルによる補正があれば、万が一の事態であっても……。

そんな時だった。

俺の視界に、大きな赤いウィンドウが表示される。

「なっ⁉」

——スキル《危険察知》発動。

——この先、地上への通路に爆発物が設置されています。また、地下への通路にも同様の爆発物を検知しました。

「先輩？」

警戒のために数メートル先を歩いている江原の体は、もうすぐ通路に差し掛かろうとしている。

もしもこの警告が本当なら、あそこには……！

「大丈夫ですよ、江原さんはレベルも高くてその辺のモンスターくらいなら……」

「そうじゃない！」

列を抜けて一目散に走る。

爆発物ってのがどんなものかは分からないが、いくらレベルの補正があっても無事じゃ済まないに違いない！

「止まれー！」

「えっ」

通路に片足を踏み入れた江原の腕を掴み、思い切り後方へ跳んだ。

その瞬間。

ドンッッッ!!

という轟音《ごうおん》。俺は身を捻《ひね》って江原を庇う。背中に、散弾銃のように砂利《じゃり》や石の破片が飛んで来る。

「ぐあっ……！」

HPが三割近く削られている。

視界が赤い。血が目に入ったのか？

「ぐ……大丈夫か……？」

「は、はい……」

何が起こったのか分からないのだろう。

呆《ほう》けた表情の江原が頷いた。

多少の擦り傷はあるが、大きな外傷はない。

体も、特別製の制服で守られているのか、ＨＰも減っていなかった。

良かった……。

「先輩！　江原さん！　大丈夫ですか⁉」

佐々木が小走りで近寄って来る。

大丈夫かそうでないかで言えばあまり大丈夫じゃないのだが、佐々木を安心させるためにもとりあえず大丈夫だと返した。

「それより、通路が塞がっちまった」

さっきの爆発で通路の天井が崩落《ほうらく》したのだろう。

土埃《つちぼこり》が晴れると、完全に土砂で埋まってしまっていた。

俺の背中を見た佐々木が短い悲鳴を上げた。なんだ、うるさい奴だな。

「だ、大丈夫じゃないじゃないですか⁉　背中にすごい傷が……！」

「だから問題ないって。それより今はどうやって……」

パァン、という乾いた音が俺の声を遮った。

「なっ……」

全員の視線が集中する。

「動くな」

低い声と共に、今さっき発砲された拳銃が、羽交い締めにされた女性の頭に突き付けられた。

銃を持っている男……。確か、田村昇、だったか？

レベル1の公務員だったはずだ。

「な、なんのつもりですか!?」

漆原が一歩近づこうとすると、田村は素早く銃を漆原に向け、太腿《ふともも》を撃ち抜いた。

堪らず地面に伏した漆原はうめき声を上げる。

「動くなと言っただろうが！　協会のゴミ共！」

田村の瞳は狂気に染まっている。

その場の全員が動けないでいると、今度は江原に向けて発砲した。

避けることもできず、江原も地面に倒れる。

「漆原さん！　江原さん！」

佐々木が叫ぶが、銃口を向けられて黙ってしまった。

「これでレベルの高い奴はいなくなったな。後は高くて、そこの女くらいか……。おい、女。お前は今すぐ、協会本部へ連絡を取れ。俺たちの要求を、本部へ伝えるんだ！」

「よ、要求……？」

なるほど、つまりダンジョンへの立て籠もり事件って訳か。

「要求は一つ。レムリア帝国民に、日本のダンジョンを開放しろ。二度は言わん。返答が遅れれば……ここにいる人間を、一時間ごとに一人、殺して行く」

「……！」

佐々木が唇を噛みながら睨み付けているが、田村は意に介さず「返事は!?」と恫喝《どうかつ》した。

「今は大人しく言うことを聞いておけ。それに、応援を要請するためにも連絡は必要だろ」

「でも、あの人は……！」

「分かってる」

主婦に学生、年配者。そして行動不能になった漆原と江原。こちらには戦えない人間が大勢いる。

敵も田村一人とは限らない。迂闊《うかつ》に動くことはできないんだ。

それに、男が口にしたレムリア帝国という言葉。

確か軍事独裁国家で、世界のどことも国交がない特異な国だ。

だが、それでも謎の手段で独立国としての地位は確固たるものにしている。

正直、得体が知れない奴らだ。そんな奴らの要求を呑んだところで、大人しく開放されるだろうか？

「あいつらの要求に頭を悩ませるのは政府の仕事だ。お前の仕事はなんだ？　参加者の安全の確保だろうが。一時の感情に流されるな」

「はい……」

佐々木はすぐに、地上連絡用のトランシーバーを起動させた。

よし、後は……。

「すみません、ちょっとよろしいでしょうか」

「なんだ!?」

銃口がこっちへ向く。

周囲の人間がビクリと身を強張《こわば》らせ、「刺激するなよ」という目で俺を見た。

緊急事態になったら大事なのはまず自分の命だ。その反応はしょうがない。

だが俺は、あくまで冷静に、田村に話し掛けた。

「彼女たちの止血をさせてください。このままだと、遠からず死にます」

二人のステータスは刻一刻と悪化して行っている。まだ助かるうちに、せめて最低限の処置はしなければならない。

あくまで言葉遣いは丁寧に、そして、

「あの、あ、あなたも人質が死にすぎたら困るんじゃないですかね？　せっかくここまで計画を練ってるのに、台無しは嫌じゃないですか？　俺みたいな奴でも分かりますよ……」

そして卑屈に。

コールセンターで培った技術をフル活用し、相手の目を見ながら、何を求めているのかを探ろうとする。

「……ふん！　お前、何を言っているのか分かっているのか？」

「…………」

「まあ、どうせ日本政府は早々には返答しないだろう。なら、こうしたらどうだ？　そこの二人がこのまま死ねば、他の奴らには二時間の猶予をやる。手当ても必要なくなるぞ？　どうだ」

つまり命の選択を迫っているのだ。

自分か、他人か。

人間、誰しもが見知らぬ他人のために奮起《ふんき》できると少なからず思っている。

それが尊厳《そんげん》というものだ。

だが、こいつはそれを捨てるよう、意地の悪い要求をしているのだ。

お前たちの選択で二人は死んだのだと、たとえ助かっても覚えておくように……と。

だがあいにくと、俺はそういう理不尽な要求というやつが嫌いなんだ。

田村を無視し、漆原の元に近づく。

「おい!?」

田村が銃を向け、俺の行為に悲鳴が上がり、非難の目が向けられる。

せっかく二時間の命の猶予が与えられる予定だったのだ。まともな判断ができない今、誰しも悪人は俺だと思うかもしれない。

「助けられるかもしれない人間を見殺しにするのは我慢ができません」

「馬鹿か!? 寿命を二時間、縮めているようなものだろうが!」

「だったら」

立ち上がり、自分に向けられた銃口にあえて近づく。

「最初に殺すのは俺でいい」

「な……」

「先輩!?」

大丈夫。どうせ今すぐは撃てないだろう。

むやみやたらに人質を殺せば、交換条件が成立しなくなる。

それに、相手の容赦をなくしてしまう方が、この男にとっても困るはずだ。

まっすぐに田村の目を見る。

怒りに歪《ゆが》んだ目が揺れ、何か考えた後、

「チッ……いいだろう、好きにしろ。ただし！　猶予は一切なしだ！　そして最初に殺すのはお前だ！」

「感謝します」

賭けには勝った。

まずは先に撃たれた漆原からだ。

俺は急いで漆原のそばに行き、ステータスを見た。

名前：漆原稀星
ＨＰ：１４７／９００

かなりまずい状況だ。

とりあえず覚えている止血法を試す。

ズボンのベルトを外し、太腿にきつく巻いてみた。漆原が痛みに呻く。だが、一向に血が止まる気配がない。

そうしているうちにもどんどんＨＰは減って行く。

０になったら？　もちろん、死ぬのだろう。

「し、死にたくない……」

息も弱くなって来た。くそ、こうなったら……。

《八意思兼神》！

――右大腿部、大腿動脈が損傷。計算ではおよそ四一秒後に失血死します。

分かってるんだそんなことは！

どうすれば血が止まって助かるのかを教えろ！

意識が朦朧としている漆原に声を掛けながら、《八意思兼神》の提案に目を通して行く。

どれもこれも器具も人も技術も足りないものばかりだ！

おい、今の俺にできそうなものを出せ！

すると、ログが絞り込まれ、一つの方法が提示された。

――大腿動脈を直接圧迫することによる止血法。生命活動の延長が可能。ただし、右足の壊死《えし》を防止するため、一三分二三秒が限界です。

「く……」

――提示する手順に沿って慎重に行ってください。衣服から繊維を抽出《ちゅうしゅつ》。


漆原のタイツに手を掛けて引き裂く。

確か防弾・防刃繊維のタイツらしいが、簡単に引き裂けてしまった。

脆《もろ》いのではなく、俺のステータスの問題だろう。

だが何故、田村の銃弾は足を貫通できたんだ？

いや、今はそんなことを考えている場合ではない。


――スキル《救急救命Ｌｖ．１》を手に入れました。


タイムリーなスキルの獲得に、俺は迷わず最大までポイントを振った。

スキルをオンにすると、まるでゲーム画面のように次の手順が分かるようになった。

タイツの繊維をさらに細かく裂き糸状にして、他の血管に触れないよう慎重に指を操作する。

スキルの効果か、銃創《じゅうそう》からわずかに覗く血管にも、細い糸を正確に巻き付け縛ることができた。

わずかに漆原が呻き、ひとまず出血は止まった。

HPは残り17。ギリギリだった……。

だが、ここで安堵している場合ではない。江原も同じように助けなければならない。

ほとんど同様の負傷をしていた江原は、漆原よりは楽に助けることができた。

残りHPは37。こちらもギリギリであった。

「あ、ありがとうござい……ます……」

息も絶え絶えな江原は、大粒の汗を浮かべながらお礼を口にした。

さて。

これで終わりではない。《八意思兼神》の警告通りなら、あと一〇分で二人の足が壊死する。

このまま時間を待っていれば助けた意味がなくなってしまう。

田村くらいならこのまますぐに倒せる。

だが、その後仲間がいたら？

退路の確保はどうする？

ここからだと脱出までに一〇分が経過するのでは？

様々な要因で、事はそう単純なものでないことが分かってしまう。

「医者か？　お前。そんな道具で止血するとは」

田村の称賛が耳障りだ。

だが、もしかするとそこに付け入る隙があるかもしれない。

好奇心から聞かなくてもいいことを聞いてしまうような奴は、会話を続ける可能性が高い。

「いえ、違いますが……」

立ち上がり、今度は逆に質問してやる。

「ところでこの服、防弾繊維が使われているのに、どうやって破壊したんですか？」

田村は一瞬、苛立ったように顔を歪めたが、すぐに愉快そうな笑みを浮かべた。

なるほど、特別製の弾丸について、話したくて仕方ないんだな。

協会を敵視していた田村のことだ、その憎き職員の着ているご自慢の服を無力化してやれる、素晴らしい武器でもあるのか、と聞かれれば。

得意げに、自分の成果を誇ってしまうのも無理はない。

「どうせ最初に死ぬお前には不要だろうが……。この服、何故そんな高い性能があると思う？　繊維も当然だが、一番は表面をカーボンナノチューブが覆っていることだ。この弾頭は、通常は強固なその結合を破壊できるよう作られている。後は繊維を貫通できればいいんだよ」

ふむ……。

奴らは制服の素材を知っている。そして、それに対抗する術《すべ》も持っている。

だが、残念ながらこの会話で分かったのはそこまでだ。

次の一手を考えていると、ドカドカと男たちがホールになだれ込んで来た。

「なっ……！」

しまった。

やはり仲間がいたのか！

九階で攻略中の探索者を襲撃したという奴ら。そして、田村が叫んでいた「俺たち」という言葉。そこからもっと早くに確信を持っておくべきだった……！

「ほう、二階の部隊がこちらへ来たようだ」

二〇人ほどの武装した男たちが俺たちを包囲する。

ライフルやショットガン、中にはゲームでしか見たことがないような、ロケットランチャーを持っているような奴までいる。

まずいぞ。田村の拳銃も厄介なのに、これでは……！

「田村。報告しろ」

「はい。現在、高レベルの探索者を二人、行動不能にしました。一人は交渉用に残してあります。そこの男は時間が来れば最初に殺す……という条件で、二人の止血を許可しています」

「ふん……」

「楠たちは？」

「俺たちに気付かず、一目散に九階へ向かったよ。あそこには精鋭を配置してある。さすがの山根も、ここで終わりだ。まあもっとも……」

田村と話していた男が懐から四角い物を取り出した。あれは何かのスイッチか……？

親指で頂点を押すと、男たちが乗り込んで来た、二階へ続く通路が轟音と共に崩れ落ちた。

土埃の中、男は勝ち誇ったように威圧的な口調を投げた。

「たとえ切り抜けても、人質を助けに入ることはできない。さて、日本政府はどう対応して来るか見ものだな」

●

状況は最悪だ。レムリア帝国民であろう男たちは、全部で二三人。全員が銃器で武装している。

おまけに、

——漆原稀星の足が壊死するまで一一分三二秒。

——江原萌絵の足が壊死するまで一三分四一秒。

《八意思兼神》はさっきから、こうしてログで俺の危機感をさらに煽《あお》って来る。

もう時間はほとんど残されていない。

しかも……。

名前：カク・ドンニョン　年齢：29歳　身長：188センチ　体重：72キログラム
職業　軍人※レムリア帝国軍少尉
レベル：514　HP：5140／5140　MP5140／5140

体力：52（＋）　敏捷：48（＋）　腕力：56（＋）　魔力：0（＋）　幸運：4（＋）　魅力11（＋）
所有ポイント：513

他の軍人たちは皆、レベルが100程度だ。

だが、このカクという男は桁違いにレベルが高い。ステータスもだ。

それこそ山根や楠など話にならないレベル……。

そして当然、レベルの補正が入っているだろうから、見えている数値以上の身体能力を得ているはずだ。

だが、俺だって能力はそれなりに高い。特にレベルなどは500近いし、他人とは違う特別なステータスの補正がある。

様々なスキルを駆使すれば……いや、駄目だ。

そもそもからして、カクという男は軍人として正規の戦闘訓練を受けている。

俺と違って、人を殺した経験だってあるだろう。

対する俺は高いレベルを除けば、デスクワークがメインの普通の中年。

戦闘どころか、喧嘩だって素人だ。

以前に西貝たちに襲われた際は勢いでなんとかなったが、今回そうなるとは限らない。

周囲の武器を持った奴らも気になる。

駄目だ、俺一人じゃどうにもならない……！

漆原と江原をちらと見る。

二人とも止血されたとはいえ、予断を許さない状況であることに間違いはない。

あと一発でも弾丸を食らえば終わりだ。

その血色の薄い顔に、俺はある記憶をフラッシュバックさせた。

俺が過去、助けられなかった大切な人。

山岸鏡花《きょうか》……。俺の妹。

あの時は諦めた。

そして、後になって納得したはずだ。

助けることなんてできない。

助けることはできなかったのだ、と……。

でも、今は？

ダンジョンができて、スキルを得て、ステータスが上がって……十分、力があるんじゃないのか？

俺は唇を強く噛み締め、土を握り込んだ手を震わせた。

俺は一体、何をしている!?

あのころと違うんだ！

お前には力があるだろう！

世界のどこで、誰が死のうが構わない。

だがそれは、俺が関わらない時だけだ！

眼の前で誰かが理不尽な目に遭っているのは、許しておけない！

迷っている余裕などない。

俺は立ち上がり、銃口を向けて威圧して来る兵士を見た。

「おい、座れ！」

「《八意思兼神》……俺のステータスで、こいつらを制圧できるか？」

兵士の言葉は無視し、俺は《八意思兼神》に問い掛ける。

しばし演算していたのか、間を置いてから《八意思兼神》は、

——可能です。


と、はっきりそう言いきった。

スキルがそう言っているのだから、できるはずだ。


——ですが、非推奨です。

——仮に最短時間で制圧を実行しても、目撃されることは不可避です。

——また、敵戦力の規模から想定される必要戦力を計算すると、目撃者に対して、山根昇にした

演技は効果がありません。

――主、山岸直人。

――あなたは、全てを捨てられますか？


「何をブツブツと、独り言を！」

兵士が苛立った様子で俺の腹を蹴った。

蹴られたダメージはないが、転がった拍子に口の中に土が入った。

「先輩！」

佐々木の悲痛な声。

大丈夫だ、座っていろ。

そう声を掛けようとした時、佐々木は予想だにしない行動に出た。

「やめてぇ！」

俺に向けられた銃口。

撃たれたところでダメージはなかったかもしれない。

だが、佐々木は俺の前に飛び出し、もろにライフルの弾を受けた。

乾いた音が一発。

そして佐々木は、腹部から血を噴き、そのまま倒れた。

俺の中で、何かが切れた。

――山岸直人の承諾を確認。スキルを解放します。

第四章

「何をしている!?　そいつは協会との連絡役だ！」

「で、ですが、いきなり飛び出して……」

「……チッ、まあいい」

部下を叱責《しっせき》したカクは、すぐに興味を失ったように銃を弄《もてあそ》んだ。

「どちらにせよ皆殺しにする予定だ。おい、次はそこのガキ。お前が協会との連絡を続行しろ」

「ひっ……」

カクに指名された高校生が、倒れた佐々木を見て青ざめる。

下手に悲鳴を上げようものなら殺される。そう理解しているから、誰も動けなかった。

「さっさとしろ！」

「できません……」

一般の高校生が通信機など使える訳がないだろうに。通信機を押し付けられた高校生は、失禁しながら震えている。その様子を目にしながら、俺はゆっくり立ち上がった。

スキル《限界突破》と《バーサクモード》で、痛みは消え、体が極限まで軽くなる。

「《八意思兼神》……俺を主と呼ぶなら、最大限サポートしてみろ！」

………。

……。

——山岸直人の承諾を確認。スキルを解放します。

——スキル《#JWOR》の機能を一部解放。

——特殊戦闘スキル《須佐之男命《スサノオ》》を展開。発動。

——これより発動中は対人戦闘技術が自動発揮されます。

——なお、反動から来る制限時間は……。

ログが流れると同時に眼の前の景色が一変。

人や風景にはまるで、シミュレーターのような数値やグラフが浮かび上がった。

「こいつ、ショックで壊れたか？　なら、要らんな！」

佐々木を撃った兵士が、ライフルを俺に向けて発砲しようとする。

引き金を引く、その筋肉の動き。

微細なそれすらも、俺の目には数値を伴った予測として映る。

引き金を引けば、弾頭がどんな角度、速度で飛んで来るのか。威力はどの程度か。そういった情報が全て瞬時に計算され、表示される。

分かれば対処は容易だ。

指先が置かれた位置に、銃弾が収まって来る感覚。

掴み取ったそれを、俺はポップコーンのように簡単に潰した。

これが《須佐之男命》か。

何が起こったのか、撃った本人すら分かっていないようだ。

何せ、防弾の衣服を容易《たやす》く破壊してしまう特殊弾頭が、何も対策を講じていないような一般人の体を貫けなかったのだ。

「な、なん……!?」

兵士の言葉が終わる前に、スキルの指示通りに一足で相手の懐に飛び込み、腰を捻って掌打《しょうだ》を繰り出した。

さすがに相手もプロで、咄嗟《とっさ》の判断でライフルをボディアーマーの前に出し、挟み込んだが……。

構わず打ち出された掌打が、ライフルを押し潰し、アーマーを粉砕し、そのまま兵士の体を広場の天井まで吹き飛ばした。

落ちて来た体は何度か土の上で跳ね、わずかにもがくように動いた後、すぐに動かなくなった。

天井から、兵士が着ていたボディアーマーの破片がはらはらと降って来る。

「なるほど……。かなり手加減したつもりだったんだがな」

俺の呟きにようやく我に返った兵士たちが、一斉に射撃を開始した。

――7．62mm×51mm弾の射出を確認。

――9．14mmのバックショットの射出を確認。

――回避非推奨。後方の人質に高確率で被弾。

「防御を」


――山岸直人の承諾を確認。スキルを解放します。

――スキル《#JWOR》の一部機能を解放。

――特殊戦闘スキル《大国主神《オオクニヌシ》》を展開、発動。

――広域防御スキルが解放されます。

――これより対物防御スキルが自動的に発動します。


ログが流れると同時、参加者を囲むように土の壁がせり上がった。

銃弾は全て、壁に阻《はば》まれてぼすぼすと土煙を立てるだけだ。

「怯《ひる》むな！　撃て！」

カクの命令と同時、無数の銃弾が俺に向かって来る。俺は、それらを全て両手で弾き落とした。

「馬鹿な……こんな馬鹿なことが……！」

ライフルを撃ち続けながら、兵士の一人がそんな声を上げた。

俺は銃弾を弾きながら、近くのスコップを拾い上げて投擲《とうてき》する。

高速で放たれたスコップは、兵士のボディスーツごと体を切り裂き、瞬時に事切れさせた。

あまりのことに理解が追い付かないのだろう。

他の兵士たちは、引き金から指を離して戦意を喪失させていた。

このまま終わるかと思われた矢先、まだ一人、俺を真っ向から見据えて笑っている奴がいた。

「こいつは……とんでもない化け物がいたもんだ！」

カクの指示で兵士たちは下がる。

無造作に歩み寄って来るカクはしかし、一片の隙もない。

腰から二本の大振りなナイフを抜くと、大仰に腕を広げ、叫んだ。

「さて……。楽しませて貰おうか！」

カクの体が視界から消える。

俺の腕が、スキルの導きに沿って後ろへ回され、振り下ろされたそれを掴み取っていた。

「ヒューゥ、すげえな！　初見で止めた奴は初めてだ！　俺の短距離転移の魔法に反応して来るなんざ、どんな反射神経してやがる!?」

短距離転移の『魔法』？

気になるワードが出たが、それよりも俺は、カクを捉えることを優先させた。

反撃しようとした瞬間、またもカクの体が消える。

今度は《八意思兼神》による軌道予測で、俺は視線を左に向けた。

そこへスコップを投擲すると、ちょうど現れたカクが腕の一振りでスコップを弾いた。

「危ねえ！　おいおい、見えてるってのか？　この魔法の軌道が。面白くなって来たじゃねえか

「……。やはり戦いは、一方的じゃつまらん！」

またもカクが消え、今度は真正面に現れた。

予測していた俺は今度は反撃の拳を突き出すが、それを読んでいたカクは腕ごと斬《き》り落とそうとナイフを振り下ろして来た。

ナイフの横面を叩く形で軌道を逸らすが、俺の拳もかわされてしまう。

そして、再びの転移をするカク。

「面白いだと？　戦いがか？」

カクはナイフ術だけではない。短距離転移と体術を組み合わせ、時に真上など予想だにしない場所から襲い来る。

だが、こちらもスキルによる軌道の予測と、最適な対人戦闘術の展開が続いている。

相手がプロであっても、こちらは一歩も退いていない！

「そうだ！　ギリギリの戦いは、俺に喜びをくれる！　だがな、俺は強くなりすぎちまった！　戦って、戦って、戦っていただけで、もう誰も俺に喜びをくれなくなった！　だからこんな所まで出向いて来たんだが、山根だけかと思いきや、もっと骨のある奴がいるじゃないか！　さあ、俺に顔を見せろ！　お前は死ぬ直前、どんな表情を浮かべるんだ!?」

哄笑《こうしょう》を上げながら、カクの攻撃速度はどんどん上がって行く。

こちらの一撃も当たるには当たっているのだが、どれも決定的なダメージは与えられない。しかも、こちらもどんどんナイフによる傷が増えて来た。

「お前だって、俺と一緒だろうが！」

「なんだと？」

「とぼけるなよ。人の命なんてどうでもいい。自分の命だって無価値だ。そう思ってるんじゃないのか!?」

「…………」

確かに、カクの言う通りだ。

俺は俺に関わりのない人間がどうなろうが知ったことではない。そして俺自身も、命を落とすことになったって構いやしない。

だが、俺とこいつは決定的に違う。

「それに、だ」

カクが攻撃の手を止め、部下の背後に転移した。

武器の補充か？

そう思った矢先、カクは信じられない行動に出た。

振り上げたナイフを、部下の首に突き刺したのだ。

「が……たい、ちょ……なぜ……」

「お前、名前は？」

カクの問い掛けに、俺は答えた。

「山岸直人だ」

「直人。レベルを上げるためには三つ、方法があるんだ。一つはダンジョンでモンスターを倒すこと。ちまちま地道にな。そして二つめ。これはまだ実験段階だが、ダンジョンの鉱石を加工し、自身の体に直接埋め込むこと。鉱石次第では誰でも強化はできるが、まだリスクの方が大きい。そして、三つめ」

「三つめ……？」

部下が倒れるのと同時に、カクはさらに大声で笑った。

まるで俺の態度が、爆笑必至のジョークであったかのようだ。

「おいおいおい！　俺に言わせるのか!?　俺の部下を躊躇《ためら》いなく殺したってことは、そういうことじゃなかったのか!?　ということは、本能でやってたのか！　ハハハハハハッ！　筋金入りだな、お前は！　気に入ったよ！」

狂気的な笑いの後、カクはナイフに付いた血を愛《いと》おしげに撫《な》でた。

まるでその血が、自分にとって必要なものであるというように。

「三つめの方法。それはな、人殺しだよ」

「……なんだと」

なんだ、その方法は。

協会のホームページはもちろん、ネットのどこにもそんな方法など書いていなかった。

いや、理由は単純だ。

この法治国家で、誰がそんなリスクを負ってまで検証しようと思う？

そんなことをやれる国はおそらく、この世界でもたった一つくらいだ。

「ダンジョン内でステータスを参照し、同族を殺す。それが、レベルアップのための三つめの方法だ。これはおすすめだぞ。何せ簡単で、実入りがデカい。……『ステータスオープン』！」

カクの頭上にレベルが表示される。

先ほど《解析》した時よりも上がっていた。

「このレベルは、俺が効率のいいレベルアップに勤《いそ》しんだ結果さ。レムリア帝国が何故、このご時世に紛争地帯への派兵なんて金にもならないことをしていると思う？　そこにダンジョンがあれば、いくらでも兵の強化が可能だからだ！」

「自分のために、他人を犠牲にするのか」

「綺麗事はやめろ、直人！　目を見りゃ分かる。全ての世界を、人間を憎み、絶望するお前なら！　俺と同じ方法で強くなった、違うか⁉　レベルは1？　馬鹿言うな。《隠蔽》の魔法の効果だろうが。レベル500を超えなきゃ、そんなもんは手に入らない」

魔法はある。それはレベル500で手に入るものらしい。

これはいい情報を得た。

「何も言えないってことは図星か！」

「残念だが、俺はお前とは違う」

カクがゴキンと首を鳴らし、一瞬で距離を詰めて来た。さっきよりも速い……！

だが、俺のスキルはその上を行く。

縦横無尽に閃くナイフを、一本、二本と手刀で砕いてやった。

さらに一撃入れようとした瞬間、カクは距離を開けた。

「おいおい、マジか。今お前が軽々砕いたナイフ、特別製で鉄だって斬り裂いちまうんだが……。素手で破壊するほどの力、やっぱり普通じゃあねえな」

こっちは時間がないというのに、ちょこまかと……！

だが、もう速度には慣れた。

次に近づいた時が……!?

「なっ……」

またも部下の背後に短距離転移をしたカクは、ナイフを使って二人の部下を刺した。

動揺する部下たちは、逃げる間もなく瞬く間に死体に変わって行く。

その間ずっと、カクは笑っていた。

どうしてだ？　同じ国の、同志じゃないのか？

最後の一人を放り出すと、カクはゆらりと脱力したように立った。

「ふぅぅ……。これでレベルは600ってところか。高いレベルの探索者は、経験値効率が違うな！　今度からは、探索者を狙うとするか……この国でな！」

カクはその場でナイフを振るった。

何をしている？　どう考えても、あんな短いナイフが届く訳……。

困惑する俺の前に、《八意思兼神》の警告が表示された。

――警告。攻撃魔法《エアロブレイド》を確認。
――回避を推奨。

避けられる訳ないだろ！
避ければ後ろにいる奴らは……！
そうだ、《大国主神》を使え！

――非推奨。《大国主神》の強度では破壊されます。

どうする……！
「そうだ、《大国主神》を前面に多重展開！」

――承認。《大国主神》発動。前面に多重展開。

ドカドカと土の壁がせり上がり、《エアロブレイド》と俺の間に多重の壁を作る。
前方で壁が粉砕されて行くのが見える。
くそっ、止まらないのか⁉

やがて俺の眼前の壁が破壊され、瞬間、俺は両腕を交差させた。

「ぐうううううっ!?」

空間の断裂がそのままぶつかって来ているようだ。

周辺に勢い良く血しぶきが上がり、神経を通じて脳を直接斬りつけられるような痛みが襲う。

それでもなお、止めることができない！

必死で地面を踏みしめても、徐々に体が押されて行く。

参加者たちを守る壁に背が押し付けられた辺りで、ようやく魔法が消えた。

俺の残りＨＰは７２６。今の一撃で、八割近くも削られてしまった。

「はぁっ……はぁっ……！」

「おいおい、マジか？　《隠蔽》どころか《アースウォール》まで使えるのか！　ははは！　いいねえ！　レベル６００の領域は、お前も踏み入っていたってことか！　戦いはこうじゃなきゃ、面白くないよなあ!?」

肩で息をしながらカクを睨む。

だが、腕にほとんど力が入らない。

今またあの魔法を撃たれたら、次こそ防げるか分からない。

おい《八意思兼神》！　何かないのか、奴を倒す力は！


――……。

《八意思兼神》が沈黙する。計算中か、万策尽きたか。

「俺もお前も、資格を得たんだ。人のあるべき進化の果てを踏む資格を！」

「何が進化の果てだ……。ふざけるのも大概にしやがれ」

「なら、お前はなんのために戦う？　その力をなんのために使う？　普通に生きるには不要な力だ。なんのために身に付けた？　答えてみせろ！」

《八意思兼神》!!

俺に、力を！


――了。

――山岸直人の要請により、スキルを解放します。

――《須佐之男命》の派生スキルを、魔法として【魔法】欄に追加。

ログが流れるのと同時に自動的に【魔法】欄が開いた。


【魔法】
▼草薙剣《くさなぎのつるぎ》

接続中、常時ＭＰを消費。

消費ＭＰに応じて威力が上昇。


これは……！

初めて手に入れた魔法を、発動状態にした。

高笑いするカクを見据えながら特殊戦闘スキル《須佐之男命》が命じるままに体が動く。

すると、これまで視界内に表示されてきたものとは違う、緑のウィンドウが表示される。

——対神格魔法《草薙剣》展開。発動シーケンスに入ります。

——消費ＭＰを設定してください。

迷わず全ＭＰをつぎ込んだ。

——入力値を確認しました。

——スキル《八意思兼神》からの要請を受理。

——使用者の消費ＭＰを対神格魔法《草薙剣》に転移。魔法術式を構築。

——発動魔法の威力に耐えられるよう、使用者の全ステータスを９９９９まで引き上げ一時的に凍結。

すると視界内の緑色のプレート内の背後に無数の半透明なプレートが同時に開く。

そして無数の情報が、計算式が流れる。

目で追いきれないほどの速度で、術式らしきものが展開して行く。

それら全てが同時に停止する。


——空間座標を確認。

——対神格魔法《草薙剣》の顕界《げんかい》を開始します。


最後のログが流れると同時に、右手に無数の緑色の光が集まって行き、一本の直線的な剣を形作った。

柄から剣先までは長さが一メートルほど。

刃渡りは六〇センチほどだろうか？

刀身の色は緑黄色で、柄は精巧に編まれた金で装飾されている。

「な、なんだ……それは？　き、貴様……一体……何をしている⁉」

長いログが流れたが、実際は〇コンマ一秒に満たない時間で《草薙剣》は顕界したのだから、カクが戸惑うのも分からなくはない。

既に戦闘開始から五分は経過している。

漆原たちを救うためにも、問い掛けに答える時間はない。

《草薙剣》を両手で握り締めると、剣身が強く輝いた。

「《草薙剣》！」

スキルに導かれるまま、大きく剣を振り被り、そして、振り下ろす！

——一瞬の静寂の直後、巨大な光が剣から放たれ、カクに迫った。

「馬鹿な！　き、貴様、まさかレベル７００……それに、それはまるで——」

言い終わらぬうち、カクは光の中に消えて行った。

●

天井から差し込む光に顔を上げると、青い空が覗いていた。全部破壊したっていうのか。恐ろしい威力だ……。

空を見ていると、ウィンドウが現れた。

——全てのＭＰの消費を確認しました。

——《草薙剣》の顕界を解除します。

——ステータスの凍結を解除します。

緑のウィンドウが消えたと同時に、ふらつく足で皆の元へ向かう。

土壁が砕けた合間から、漆原と江原が見えた。

幸い、二人とも無事なようだ。

だが問題は、佐々木だった。

残りＨＰは既に4。

もう、どうあっても助けられない。

《八意思兼神》が警告をしなかった理由はおそらく、俺の戦闘に支障をきたさないためだ。

そういう要らぬ気遣いだけは一丁前なスキルだ。

だが、どうにか助けられる方法を探れ！　今すぐに！


――……。


「せん、ぱい……」

「ここにいるぞ」

弱々しい声。血まみれの手を握ってやると、わずかに微笑《ほほえ》んだ気がした。

「皆さんは……」

「無事だ。お前が守ったんだぞ」

「良かった……」

じわじわと、カウントダウンをするように。

佐々木のＨＰが０に近付いて行く。

「先輩……いつも、迷惑を掛けて……ごめんなさい……」

「俺はお前の教育係だぞ。新社会人は先輩に迷惑を掛けてなんぼなんだよ」

残りＨＰは、２。

「先輩が……私のことなんて……なんとも思ってないって、知ってました……。お母さんとの話も、聞いて、ました……」

残りＨＰは１になった。

おい、まだか《八意思兼神》。

いつもみたく、何かスキルを出して来い。

——……。

「でも……誰も助けてくれない時……なんだかんだ、助けてくれる先輩が……す」

残り、ＨＰは……。

ぱたり。

佐々木の手は、俺の手をすり抜けて落ちた。

ちくしょうまた、まただ。

また、俺は……！

《八意思兼神》……、頼む……！

俺はどんな代償を払ってもいいから……。

もう俺に、最期の言葉も言えない人間を見せないでくれ。

手を伸ばせば届いたかもしれない誰かを、諦めさせないでくれ……！

お兄ちゃん。

「っ!?」

――山岸直人の承認を確認。スキルを解放します。

視界に、ウィンドウが現れた。

――スキル《ZH)N》の一部機能を解放。

――スキル《少彦名神《スクナヒコナ》》を展開、発動。

――スキル《治療再生》を発動。

ログが止まると同時に、桜の花びらが周囲に舞い降りて行く。

明らかに季節外れのそれは、温かく、幻想的で美しかった。

花びらが佐々木の死体を隠すように積もって行く。

やがてその下から、

「……んっ」

もう動かないはずの彼女が、身じろぎを返した。

「佐々木⁉」

起き上がった佐々木は、不思議そうに辺りを見回した。

「……せ、先輩……？　私、撃たれたはずじゃ……」

「あ、ああ。なんともないのか⁉」

撃たれたどころか死んだんだが、覚えてないのか？

破れた制服の隙間から見える腹部は、傷どころか血痕すら残っていない。

まるで、時間が巻き戻ったかのようだ。

少し遅れて周囲もざわめき出した。

「あれっ⁉　私の怪我が消えてる……？」

「私も、足を撃たれたはずなのに」

漆原や江原の怪我も治っているらしい。

これはスキル《少彦名神》の効果か？

それにしても、どうしてだんまりだった《八意思兼神》が、あのタイミングで突然こんなスキルを出して来た？

だったら俺が治療なんてしなくても、スキルを出してくれていれば良かったんじゃないのか？

それに、さっき確かに、鏡花の声が聞こえたような……。

「あのう、先輩？　人が見てます……」

「……あっ⁉　す、すまん！」

佐々木の腹を検分するのをやめ、急いで立ち上がった。

ツアー参加者たちは、気絶していた人間も全員目を覚まし、そしてそこら中に転がる死体を見て悲鳴を上げていた。

さすがにスキルを使っても死体の片付けはできないからな。彼らのトラウマにならないといいんだが。

「ほ～……。先輩、あの穴って誰が開けたんですか？」

ぽかんとした顔で天井を見上げる佐々木が問うて来た。まさか俺の魔法でやったとは言えない。

「さあな……」

肩をすくめて適当にごまかしておいた。

「あの兵士も！　皆、死んでる……？　一体誰が」

「分からん。俺もすぐ気絶させられたんだ。気が付いたらこの有様だったんだよ」

俺の活躍を認識する前に、ほぼ全員が気を失ったか、土の壁に阻まれて状況を見ていなかったらしい。

どうやら秘密は守られたようだ。

「撃たれた後の記憶が曖昧なんですよねえ」

「そうか。まあ、そのままでいいんじゃないか？」

「えー。先輩、私、うわ言で何か言ったりしてませんでした？」

「知らん」

「えー」

別に、あのことはわざわざ蒸し返してやらなくていいだろう。

時間が巻き戻ったように怪我が治ったんだ。なら、告白もどきも巻き戻しということでいい。

それに誰も見ていないんなら、わざわざ俺の功績だと自慢して回る必要もない。

カクを見て分かった。大きな力は、必ず大きな災いをも引き付ける。

なら俺は、その責任と一生向き合って行かなければならない。

誰かを守るために、誰かを傷つけかねない力と。

大穴から下りて来る自衛隊の輸送ヘリを見上げながら、俺はそう決意した。

――《少彦名神》の発動により、山岸直人の顕界力を消費しました。

エピローグ

「ようやく解放されたな」

俺は、下志津駐屯地のゲートを出てから背伸びをした。

それにしても……。

貝塚ダンジョンで自衛隊のヘリに乗せられ輸送された時には、まさか数日にわたる取り調べを受けるとは思わなかった。

てっきり保護され、手厚い扱いを受けてすぐに解放されると思っていたのだ。

まあ、いつぞやの警察署の時のようなものではなく、一人一人が異様に長い調書を取られていただけなんだが。

当然だが無罪放免。晴れて自由の身だ。

一応、他言無用であるとの誓約書を書かされたが、元々誰にも話すつもりはないし、それに書かないと帰さないと暗に脅されたので、俺は一も二もなくサインした。

中には渋々といった者もいたが、皆、結局は了承した。

参加者の大半は、眼の前で人が撃たれるのを見てしまった。それに対し、協会への怒りを感じている者もいたが、当たり前だが自衛隊に何かできるはずもなく、対応は協会へと回された。

後日だろうときちんと対応してくれるなら、よほどマシだと俺は思う。確か銀行なんかは、偶然居合わせた時に強盗に撃たれて死のうが、なんの補償もないっていうし。

動画や写真を残していないかしっかりチェックされた後、ようやく返して貰ったスマホは、あろうことかバッテリー切れを起こしていた。

借りるんならしっかり充電してくれよ。

俺みたいな無職は、メールの着信が気になって仕方ないんだ。

バスを待つ間が暇だったので、なんとなく自分のステータスを見てみた。

カクとの戦いで、俺は確かに人を殺した。それは言い訳しない。

だからそれによるレベルアップがされているかと思ったのだが……。

レベルは449と、カクとの戦いの時から成長していなかった。

あいつは自分の部下を殺してレベルを上げていたのだが、俺は条件が違うということだろうか？

ある意味ホッとする。

《八意思兼神》に聞いてもどうせ教えてくれないだろうし。仕事をしない奴だ。

スキルについてもなんら変更がなかった。

魔法はレベル500からとカクは言っていたが、あの時使った魔法……《草薙剣》は、一覧から消えてしまっていた。

人を殺したり、鉱石を埋め込んだり、そんな方法以外でレベルアップするとしたら、やっぱり自宅のダンジョンが一番手っ取り早いだろう。

バスに揺られながら、俺はダンジョンについて色々な考えを纏めていたのだが、レベルアップや魔法など、しっくり来る答えが見つからず、やめた。

やがて駅前にバスが到着し、切符を買ってホームへ向かっていると、赤い地の派手な看板が目に入った。

サンタクロースにトナカイ、そしてソリ。

「そうか……。そろそろ、クリスマスか」

道理で最近、やたらに寒い訳だ。

いや、違う。一人だから寒いんじゃない。本当に気温が低いんだ。

断じて違う。断じて。

バスから降りてみると、いつもは過疎状態の駅前が、やけに男女連れ立って歩いている人たちが多い気がした。

「うっ……」

もしやと思い、近くの駅員に確認してみた。

「すみません、スマホのバッテリー切れちゃって……。今日って何日ですかね？」

「ああ。今日は一二月二四日ですよ」

ニッコリと、人の良い笑みを浮かべて答えてくれる。

無職になると、曜日感覚が狂うんだよな。

どうやら、取り調べを受けている間にクリスマスイブになってしまっていたらしい。

やたらにカップルの多い駅前を歩いていると、寒さが余計に骨身に染みる気がした。

寂しくない、寂しくないぞ。

途中、俺の好きな牛丼屋が見えて三人前くらいは平らげてやろうかとも思ったが、今回は我慢しておいた。

混み合っているタクシー乗り場を尻目に、俺は駅の階段を上がって行く。

やはりクリスマスイブだからだろうか？

男ってのは見栄を張る生き物だから、タクシーをハイヤーのように乗り回す自分を見せたりもするのだろう。

「ん？」

切符売り場に着いた時、大きなボードが立っているのが見えた。

「んなっ⁉　運休⁉」

まさかの最寄り駅までが運休。しかも、復旧は未定。

自然災害に強いのがウリなんじゃなかったのか、モノレールは……。

何かの事故だとしても、復旧の目処《めど》が立たないってのは凄《すさ》まじいな。

そうか、さっきの人たちも別に見栄っ張りだった訳じゃなくて、単純にモノレールが不通でタクシーを頼っていたんだな。

多少お金は掛かるが仕方ない。タクシーを使うか。

しばらく待って、初老の男性が運転するタクシーに乗り込めた。

「どちらまで？」

「モノレール千城台……いや、その先のスーパーまでお願いします」

「はい」

駅近くの大型スーパーに寄ることにした。

しばらく流れる景色を見ながら、そうだ、事情なら運転手さんに聞けばいいじゃないかと思い付いた。

「すみません。今モノレールが運休してるみたいなんですが、事故か何かですか？」

「えっ、お客さん、ニュース見てないの」

「はあ、入院してたもんで……」

てっきり都市モノレールが赤字倒産でもしたのかと思ったが、逆方向は動いていたんだからそんな訳がないか。

「ああ、なるほど。貝塚ダンジョンって知ってます？」

「ええ、まあ、はい」

つい先日、そこで殺されかけたのが原因で、数日間自衛隊で拘束される羽目になったんだ。

いやはやまったく、とんでもない事件だった。

犯人は漏れなく死亡してしまったせいで、調書を取るのすら時間が掛かってしまったのだ。

運転手は、若干興奮気味にそのダンジョンで起こったことを話してくれた。

「なんでもダンジョンの近くで大規模な爆発があったとかで、天井がドドーッと崩れちゃったって。

いやあ、人がいなくて良かった良かった。ちょうどツアーの真っ最中だったけど、誰も巻き込まれなかったんだってねえ」

「そうなんですか」

めちゃめちゃ巻き込まれたがな。

というか、その爆発は俺のせいだし。

「で、実はですよ」

やけにもったいぶって話す人だな。

早いとこ要点を口にして欲しい。

「貝塚ダンジョンの方角から、緑色のでっかい光が飛んで来て……桜木から倉台《くらだい》までの線路を吹き飛ばしちゃったんですよ！　私もね、その光は見ましたよ。いやあ、すごいもんだった」

「…………んんんっ？」

緑の光が？

線路を？

「ああ、ほら見えてきましたよ。まるで豆腐みたいに線路が切り取られてる」

言われて窓に張り付いてみると、何かがぶつかった衝撃などではなく、本当に元からなかったような綺麗さで線路がさっぱりと消滅していた。

いやいやいやいやいや、ちょっと待て！

ダンジョンからここまで、どれだけの距離があると思ってるんだ!?

しかも岩盤をぶち抜いた後だぞ。威力がおかしすぎるだろ！

気になったのは死傷者だ。恐る恐る聞いてみると、運転手はひらひらと手を振った。

「ちょうど道路にだーれもいなかったのと、綺麗に消えちゃったんで瓦礫《がれき》も残らなかったって」

「………は、はあ～、なるほどねえ～……」

「赤字続きの都市モノレールですが、住民のためにも必死で復旧しようっていうんで、銀行と交渉して資金を集めようとしてるらしいですよ。ただ、今どきそんな気前良く貸してくれる銀行があるかどうか……」

やめて！

犯人にそういう胸を抉るエピソードを語らないで！

どうか一日でも早い復興をしてくれ、と祈るほかない。

「ああ、寄付金も募っているそうなので、お客さんも良かったら」

「ははは……」

ぜひ入れさせてください。

●

目的地に到着。

今回は、一万円札を渡した後しっかりとお釣りを貰った。

前回のように、釣りは要らねえ、なんて今の俺には口が裂けても言えない。段々と資金の底が見え始めているのだ。

まだ払っていないガラスの修理費や、今後の生活のことを考えると、こんな所で気前良くはなれないのだ。

無職はつらいぜ。

生鮮食品売り場へ向かった俺は、睨んだ通り、クリスマス限定の惣菜《そうざい》が売られているのを見てニヤついてしまった。

一品一品は大したことがないかもしれないが、これらは全て、この時期にしか売り場に並ばない超プレミアム商品なのだ。

そのレア度たるや、ソーシャルゲームで言えばSSR級といったところだ。

鶏もも肉のグリルに、鳥の丸焼きも入れておく。

クリスマスといえば鳥は外せないからな。

しかも一羽まるごとなんて、この季節以外で食べられないぞ。

飲料コーナーでは、シャンメリーを五本購入した。

俺はアルコールに極端に弱く、ほんのわずか舐《な》めただけでも悪酔いしてしまう。

お、ガーリックトースト。いいじゃないか。

ケーキもホールごと行ってしまおう。

そしてレトルトのシチューを三人前……。

完璧な買い物を済ませてレジへ行く。

先ほどは気前がどうのと言っていたが、こういう場面では良しとしよう。

何故なら今日はクリスマス。

日頃から頑張る自分へのご褒美なのだから。

……まあ、一人クリスマスなんだけどね。

●

アパートの近くまで来た俺は、アパート前に停まっているトラックを見てはたと足を止めた。

運送会社っぽかったが、誰か引っ越しでもして来たのだろうか？

言っちゃ悪いがこんなボロアパートで、しかも最近、暴力事件だの空き巣だのでセキュリティが問題視されているような所に誰が引っ越して来るのだろうか。

いや、あるいは逆に、出て行ったのだろうか？

佐々木辺りが嫌気が差して出た可能性もある。

まぁ、誰が出入りしようとどうでもいいがな。

「あら、山岸さん」

「杵柄さん。お久しぶりです」

「聞いたわよー。佐々木さんと一緒に階段から落っこちて入院してたんですって？　気を付けなさいよ」

どんな説明してるんだあいつ。

やっぱり、隠し事なんてできそうにないな。こりゃ遠からずバレるかもしれん。

しかしわざわざ声を掛けて来て、何か用だろうか
事件もあったりしたけれど、きちんと家賃は支払っているんだが……。

「私もねえ、体には気を付けているんだけど……アイタタタタ」

「ど、どうかしたんですか？」

腰を押さえて顔をしかめる杵柄さん。

「いやね、最近どうも腰がねえ。寄る年波には勝てないってね」

それだけ背筋がピンと伸びているのに、腰を痛めるものなのか。

人は見た目によらないものだな。

「管理人は孫に任せてしまうことにしたんだよ。それで今日、孫がこっちに来てねえ」

「そうなんですか……」

杵柄さんの孫か。

やはり祖母に似て、家賃に厳しかったりするのだろうか？

「お孫さんはどちらへ？」

「ああ、ここに……おや？　萌絵！」

孫の名前はモエというらしい。

きょろきょろと辺りを見回した後、その姿を認めた杵柄さんが声を張り上げた。

モエ？　なんだか、最近も同じ名前の人物に会ったような……。

「ほら！　出て来なさい！」

「ん？　あっ⁉」

杵柄さんに促され、物陰から見覚えのある女性が現れた。

結った金色の髪を揺らし、その人物が近づいて来る。

何故、彼女がここに？

「孫の江原萌絵だよ。ほら、あんたも挨拶しな」

「よ、よろしくお願いします！」

ダンジョン探索者協会所属のキャンペーンガールにして、高レベル探索者。

貝塚ダンジョンのツアーでは俺たちの警護も務めていたが、田村に撃たれて負傷し、危うく死にかけていた人だ。

「あら、もしかして山岸さん、孫と知り合いかい？」

「え、ええ、まあ。苗字が違うので分かりませんでした」

「娘の旦那の苗字だからねえ。よろしくしてやっておくれよ」

急な展開に目を白黒させていると、江原が俺の顔をじっと見て来た。

なんだ？

「つかぬことをお伺いしますが、協会職員なら管理人業は副業になってしまうのでは……？」

協会は公務員のはずだ。それとも家事手伝いのような扱いでセーフなのだろうか？

「ああ、それがねえ、この子ったらせっかくの勤め先を辞めたんだよ」

「辞めた⁉」

江原のステータスを参照する。

すると、職業が【無職※アパート管理人】と表示されていた。

おいおい、せっかくの公務員としての地位を捨てたのか？　どうして？

「あんまり人様には言えないんだけど、例の事件、この子の職場だったんだよ。怪我はなかったからいいものの、思うところあったらしくてねえ」

世間ではあれは岩盤を吹き飛ばすほどの爆発事故ということにされている。

通常ならそれで辞職をするようなことはないんだろうが、彼女はそれを理由の一つとして祖母に伝えているんだろう。

実際は、死にかけたこともあり怖くなってしまったのかもしれないが。

「江原さん」

「ひゃ、ひゃい⁉」

ん？　ツアーの時はもっとハキハキとしている印象だったんだが、やけにレスポンスが悪いな。

さっきから俺の顔を見たり目を逸らしたり、若干挙動不審だ。

キャンペーンガールではない、彼女の素なのだろうか。

「これからよろしくお願いします」

「こ、こちらこそ！」

再び勢い良く頭を下げた江原。

このアパートに顔見知りが集まって来るのは、なんだか変な感覚だな。

さて、俺も一人クリスマスイブをエンジョイする準備に入るか。

「じゃあ、私はこれで失礼するよ。腰が痛くて敵《かな》わないんだ」

杵柄さんがトントンと腰を叩きながら、アパートの裏にある自宅へ戻って行った。

後には俺と江原だけが残される。

「俺も、これで」

部屋に戻ろうと階段に足を掛けると、

「あ、あの、山岸さん」

と、江原に袖を掴まれた。

「なんでしょう？」

もじもじとしながら、江原は上目遣いで潤んだ目を向けて来た。

「わ、私、まだお礼を言ってなかったので……」

「お礼？」

「は、はい！　爆発から助けて貰いましたし……それに」

「別に気にしなくてもいいですよ。当然のことをしたまでです」

再度階段を上がろうとするも、江原は袖を離さなかった。

なんだというんだ。

「あの？」

「私、お祖母ちゃんのアパートに山岸さんが住んでいるって知らなくて……。その、さっき山岸さんの姿が見えた時に、すごく……」

ボソボソと喋るせいでまったく聞こえない。

俺の姿がなんだって？

「あ、あの！」

急に江原が顔を上げるものだから、俺もビクッとなった。

心なしか、頬が赤い。

「山岸さんは、クリスマスに誰かと過ごされる予定は……」

江原の視線が俺の袋に向けられる。

半透明の袋からは、浮かれた惣菜やシャンメリーが見える。俺のお一人様クリスマス会の様子が、ありありと分かるようだ。

「あ、あなたに関係ないでしょう」

なんだか気恥ずかしくなって江原の手を振りほどく。

すると、江原がすんすんと泣き始めた。

おい、なんだ？　意味が分からんのだが。

俺が何かしてしまったのか？　いや、何もしてないはずだ！

「山岸さんカッコいいから、そりゃ、そうですよね……」

言うに事欠いて、くたびれた中年にカッコいいとはなんだ。

お世辞でも言われたことがないわ。

大きく溜息をつく。

「別に同棲《どうせい》しているようなパートナーもいませんし、これは完全に一人用です」

「えっ？」

壁の薄いこのアパートで、クリスマスイブに馬鹿騒ぎなんてしたら迷惑だ。

周囲と波風立てずに静かに暮らしたい俺としては、誰かとトラブルになんてなりたくない。

「で、でもその量……。あっ、そっか、望ちゃんですね？」

「どうしてそこで佐々木が出て来るんですか。あいつとは元・同僚でしかなくて……。はあ、俺一人の量ですよ」

「ええ……」

軽く引いたのか、目を見開く江原。

おい、悪かったな、度を越した大食らいで。

「てことは……山岸さん、フリーだったりするんですか？」

ずい、と身を乗り出して来る江原。

なんなんださっきから。

面倒になった俺は、

「ええ、まあ」

と適当な返事をした。

くそ、なまじ顔が良いせいで、勘違いしてしまいそうになるじゃないか。

やめてくれよ……。

「今日の夜も空いているってことですか？」

「だから、そうですって……」

「それなら！」

江原はぐっと溜《た》めてから、俺の目をまっすぐに見た。

「私の引っ越し祝い、今夜一緒にしてくれませんか!?」

「え……俺が？」

よりによって今日か。

「駄目でしょうか？」

本来なら、ノーだ。

別に一人の時間を邪魔されたくない訳じゃない。

今日は俺にとっても特別な日なのだ。

だが、これから管理人として付き合うことになる彼女の誘いを無下にするのも、あまり得策でない気がした。

「……分かりました」

まあ、引っ越し祝い程度なら軽くしてやるのも悪くはないか。

「ありがとうございます！」

「新しい管理人さんとは仲良くしたいですしね」

あくまで、単なる契約関係であるという旨を強調した言葉を付け足す。

「それじゃあ七時はどうでしょうか？　私の部屋は一〇一号室です」

「はい」

ここに来てからずっと人が住んでいる気配のなかった一〇一号室は、管理人用の部屋だったのか。

今度こそ江原から逃れ、階段を上ると、今度は階段の上に佐々木が仁王立ちしていた。

「先輩!?」

「何やってるんだお前」

「どういうことですか今の!?」

「はあ？」

なんなんだ今日は、次から次に。

これでも俺は暇じゃあないんだぞ。

「江原さんの家に行くって言ってたじゃないですか！　私の時は来なかったくせに！」

「ただの引っ越し祝いだし、管理人との付き合いは大事だろうが。なんならお前も一緒に参加すればいいだろう」

「えっ」

佐々木がぽかんと間抜けな表情になった。

何かおかしなことでも言ったか？

「七時集合だ。遅れないようにしろよ」

「ええと、私が行ってもいいんですか？　だって江原さん、先輩を……」

「だから、管理人に誘われたんだから、付き合いは大事にしたいだけだ」

分からん奴だな。

佐々木を押し退けて部屋に戻ろうとすると、顔が真っ赤なことに気が付いた。

熱でもあるのか。

「先輩、前にここで西貝たちに襲われた時に言ってくれましたよね。大事な者を傷付けたって……」

「ん？　ああ、そういやそんなこと言ったな」

あの時は楽しみにしていた牛丼を台無しにされ、怒りから《バーサクモード》も発動していたから、何を喋ったか細かなことまで覚えていない。

「てことは……」

「お前さっきからどうした？　顔は赤いし、風邪か？」

佐々木の額に手を当てると、急に体を硬直させた佐々木があわあわとし出した。

「熱はないみたいだが、今日は休んでおいた方がいいんじゃないのか？」

もしインフルエンザにでも罹《かか》っていて、下手に移されたら敵わん。

「い、いえ！　大丈夫です！　じゃあ七時！　七時に行きます！」

そう言って佐々木は二〇三号室へ消えた。

無理に誘うのは良くなかっただろうか。

俺としては元同僚同士、親睦を深める意味でも参加した方がいいと思ったんだがな。

それに、曲がりなりにも女性の部屋に上がり込むのだ。一応は同じ女性の佐々木も一緒にいた方が、俺の安全的にも良いと判断した。

●

予定よりだいぶ遅れて、俺はクリスマス会の準備を終えた。

テーブルに並べたグラスは二つ。

向かい側のそれに、シャンメリーを注いでやり、ホールケーキを大きめに切ってその横に並べた。

「鏡花。今年も準備できたぞ」

毎年の恒例行事は、今年もつつがなく行われた。

向かいのグラスと乾杯して、口に含む。

甘い炭酸が喉を通って行った。

鏡花が食べたがっていた鳥の丸焼きを切り分け、テーブルの上に置いてやる。

その時、玄関からカシャッという音が鳴った。

郵便らしい。

見ると、一通の封筒が投入されていた。

差出人は、鏡花の墓があるお寺だ。

「維持費についてか。一度顔を出した方がいいな」

撤去されては敵わん。

その後も俺と妹の束の間の時間は続き、気付けば俺は眠ってしまっていた。

コンコン、とドアがノックされる音で目を覚ます。

「ん?」

再びのノック。

「……なんだ……?」

すっかり部屋の中が暗くなっている。手探りで電気を点《つ》け、どこまで記憶があるか辿ってみた。

最近色々あって、疲れが溜まっていたのかもしれない。

まさか妹の命日に、食事中に眠ってしまうとは。

「せんぱーい!　……せんぱーい!」

玄関からは佐々木の声が聞こえて来た。

反応せずにいると、何度も俺の名前を呼んで来た。

「ちょっと待ってろ」

それにしても、外から見たら真っ暗な部屋の中に、よく俺がいると分かったな。

時刻を見ると既に約束の五分前を指していた。

遅れたら失礼だ。

さっさと準備して向かわなければならないだろう。

いつも通り、ズボンをはいて上着を替えるだけで簡単に準備を完了させ、一分もしないうちに外に出た。

こういう時、どこかへ出掛けるならお洒落《しゃれ》に悩むくらいはするのだが、別にすぐそこの管理人の部屋に行くだけだからな。

「待たせたな」

「もう、そろそろ時間ですよ？」

ドアの前に立っていた佐々木が、スマホで時刻を示して来る。

その律儀さを仕事にも向けてくれ。

「ああ、すまない」

適当に返事をしながら靴を履いていると、佐々木の恰好が目に付いた。

なんか、やたら気合入ってない？

女というのがこういう時、どんな恰好を適切なものとしているのかは知らないが、少なくともバッグだの何かの紙袋だのは必要か？

赤いロングのスカートに白いセーターが映え、お洒落なコートを羽織って髪もメイクもバッチリ決めている。

俺、佐々木に何か伝え間違えてたっけ？

街中に遊びに行くのだと勘違いされているのか？

「念のため確認しとくが……行き先は管理人室だからな？」

「え？　は、はい！　分かってます」

「コートとか必要か？　いつものパーカーはどうしたんだ」

「必要なんです！」

俺の問い掛けに、佐々木はムキになったように反論して来た。

うーん、分からん。

俺の感覚がおかしいのだろうか？　コンビニよりも近場なんだし、友人の家に遊びに行く感覚なのだからジャージでもいいくらいじゃないか？

きっと、俺には理解できないものがあるんだろう。

佐々木を伴って階段を下り、一〇一号室の扉をノックした。

すぐに中から江原が顔を覗かせ、パッと明るい表情になった。

「山岸さん！　お待ちして……」

江原の視線が、俺の後ろにいる佐々木に向けられる。

その瞬間、口元の形は変わらずに、ほんのわずかに目が険を帯びた気がした。

「……どうして、望さんが？」

おっと、これは……。

俺の経験から、彼女が不機嫌になったことが判断できた。

声色、目つき、わずかな言葉の間。

俺を出迎えた時は輝くばかりの笑顔だったのだが、どうやら何か地雷を踏んでしまったらしい。

ふむ……。シミュレーションしてみよう。

江原が何故不機嫌になったのか？

パターン1。

実は江原が俺に好意を抱いている。

せっかくのイブに、意中の相手を自分の部屋に呼び込めたというのに、あろうことかその男は、違う女まで連れて来てしまった。

空気の読めない俺への失望、そして連れて来られた相手の女への嫉妬《しっと》。

それが不機嫌の原因であるというパターン。

これに対する回答は、『あり得ない』だ。

まず、俺と江原にはそんなに接点がない。

たった一度ツアーで会っただけだし、その上まともに会話だってしていない。

それに俺が無職のくたびれた中年なのに対し、江原は二〇歳と若く、元協会所属の高レベル探索者で、おまけにキャンペーンガールを務められるほどの美人だ。

さすがに嫌われてはいないだろうが、それが男女の仲になるような、他の女を見ただけで嫉妬に繋がるレベルの感情かと言われると、違うだろう。

となるとパターン2。

江原、佐々木の二人とも俺に好意を抱いており、いわゆる恋敵《こいがたき》である。

これも、前提が破綻するのでなしだ。

ラブコメのようなヒロインによる争奪戦の主役になるには、俺はあまりにも華がなさすぎる。となればパターン3。

江原と佐々木は、協会時代から非常に仲が悪かった。

これが最も可能性が高そうだ。

女同士は表面上で仲が良く見えても、裏では常に牽制《けんせい》しあっているとも聞くし、江原と佐々木もその関係なのだろう。

職場では相手が嫌だからといって、そうやすやすと配置を換えたりすることなどできない。

だからなるべくお互いを刺激しないよう避けていたのだが、それを知らない俺は愚かにも二人を引き合わせてしまった。

江原が不機嫌になるのも無理はないだろう。

我ながら完璧な推理かもしれない。

この推理であれば、先ほどから二人が俺を無言で見つめて来る理由すら説明が付く。

『お前が引き合わせたんだから仲を取り持てよ』

つまりそういうことだろう。

いいだろう、やってやろうじゃないか。

伊達《だて》に長年、ユーザーの声色だけで相手の求めるものを判断して来ていない。

当然、クレーム処理の件数だって多い。

この程度の問題、華麗に解決してみせよう。

「江原さん」

「佐々木がこのアパートの住人であることは理解していますね?」

「…………はい」

俺の言葉にコクリと頷く江原。

ふむ。管理人として、そこはきちんとしているらしい。

「だとしたら、俺と江原さんだけで引っ越しと管理人就任祝いをするなんて、寂しくありませんか? どうせやるなら、このアパートの住人と仲良くなる方が、江原さんにとってもいいですよね?」

あくまで相手のメリットを提示して、自身の判断でその選択をするよう誘導する。

意思を否定したりするのではなく、正論に気付かせるのだ。

「まあ……そういうことであれば……」

どうやら江原は折れてくれたらしい。

ここから仲良くなれるか否かは別問題だが、俺は同じアパートの住人として、そして二人の仲を知る者としては、なるべく和気あいあいとしていてほしいからな。

さて、帰って来てから気になっていることが一つ。

「なんか、クリスマスイブにしては静かすぎませんか?」

このアパートには全部で八部屋ある。

管理人室が一〇一で、佐々木が二〇三、俺は二〇四号室に住んでいる。

となると残りは五部屋、埋まっていなければおかしいのだが。

一階を見渡しても、ここ以外に明かりの点いている部屋がない。

「ああ、それなら。今このアパートに入居しているのは、望さんと直人さんだけですので。他の方は皆、退居されましたよ」

「へぇー……。えっ？」

なんだそれ。

少なくとも、一ヶ月前はちゃんと他の住人がいたぞ？

それから騒ぎがあって隣の大学生は出て行き、佐々木が越して来て……。

まさか他の住人までもが出て行ってしまうなんて、そんなことあるか⁉

大体、入居者に出て行かれている割に杵柄さんも江原ものほほんとしすぎではないだろうか。

もっと危機感を持った方がいいんじゃ……。

「あの、先輩……」

佐々木が後ろから引っ付いて来た。

寒いのだろうか。

スカートなんてはくから、脚を冷やしてトイレにでも行きたくなったのかもしれない。

まあこんなに玄関口で話すことになるなんて予想してなかったし、仕方ない部分はあるが。

「望さん⁉　す、少し自重して貰えますと」

「あー、すみません。たぶんスカートが寒いんだと思います。そろそろ中に入れていただけますと……」

「ええ、なるほど、なるほど」

江原が何度も頷き、玄関から出た。

おい、なんか目が笑ってない気がするんだが。

「どうぞ中へ！　外は寒いですからね！　ええ！」

江原は強引に佐々木の腕を掴まえ、中へ引っ張り込んだ。

俺から引き剥がされる形で佐々木の姿が中へ消える。

「直人さん！」

いつの間にか名前で呼ばれているが……まあ、仲良くなれたのなら、良しとしよう。

ご近所付き合いは大切にした方がいいからな。

それにしても……。

俺は不気味なほど静まり返ったアパートの廊下を見た。

何か確実に、良くない予感がしたのだ。

●

「くくっ……」

自分のデスクで愉快そうな笑い声を漏らす山根に、同じ迷彩服を着用した若い女が怪訝《けげん》そうな声を掛けた。

「山根二尉、どうされました？」

「いや……。この報告、初めて見た時は私も目を疑ったものだが」

「はあ」

山根の持っている報告書は、協会の楠が上げて来たものだ。

藤堂《とうどう》は訳も分からず、ただ困惑した表情を浮かべていた。

通信士である彼女は現在、メゾン杵柄の空き部屋とされている一〇四号室に潜伏している。

上司の山根は時おり自分には分からないことを漏らすのだが、今回もそれらしい。

室内の通信機器が放つ光に照らされた山根の顔は、どこか得体の知れないものを覗かせる。

「江原萌絵君を知っているね」

「ああ、はい。協会のキャンペーンガールの方ですよね？」

彼女の載っている広告は何度も見ているし、それに、業務的にも知らぬ相手ではない。

「レムリア軍人に仕掛けられた爆破工作。通常であれば、江原君はそれに巻き込まれ重傷を負っていたはずだが……。それを助けたのは、他でもない山岸君だそうだ」

「……にわかには信じがたいですね。山岸はレベル1でしたよね？」

資料でも、そして山根が直接目視した限りでも、山岸は紛れもなくレベル1の探索初心者だった。

なんでもダンジョンにも探索者稼業にも一切興味がないだとかで、実際、ダンジョンに潜るのも貝塚の一件が初めてであったらしい。

「江原君の証言によれば、彼女が安全と判断した通路に足を踏み入れようとした瞬間、何かに気付いた山岸君が庇ったそうだ。そして直後に爆発……そう、直後にだ。つまり山岸君は、爆発が起こる少し前に、既にその危険に気付いていたという訳だ。私たちでさえ、二階に下りる際に仕掛けられていたそれに気が付かず素通りしてしまった。まるで危険を察知していたようじゃないか」

本人の言を鵜《う》呑みにするなら、訓練も受けていない山岸が隠蔽された爆発物に気付くなど不可能だ。

ただし、例外はある。ダンジョンで手に入る、巻物《スクロール》と呼ばれるアイテムを使えば、誰でも習得することができるという《危険察知》の魔法だ。

魔法はダンジョンの外でも使うことができるが、世の摂理を覆すような超常現象さえ起こす代物なので、習得にも協会への登録が必要になる。

だが、山岸にはそういった情報の一切がない。

「《危険察知》の魔法を、届け出なしに巻物を使って習得した可能性は？　ああ、でも……あんな高価な物、山岸のような男には入手は不可能ですね……」

「そうだね。現在の相場なら、少なく見積もっても一本三〇〇万円はくだらない。無職で貯蓄もなく、ダンジョンで稼いでいる様子もなかった彼には不可能だ。可能性があるとすれば、彼はなんらかの方法でそれを手に入れたということになる」

ダンジョン産のアイテムは、協会への届け出が必要になる。売買する場合はオークションを通さなければならない。

それを怠れば、重罪に処されることとなる。まさか山岸はそんなリスクを冒すような人間ではないだろう。

「レベル1で魔法を習得することもあり得ないけれど……。彼は、そもそもレベル1かも疑わしい人間だ」

山根の言葉に、藤堂は再び首を傾げた。

山岸のステータスは山根自身が確認している。そこに、おかしな数値はなかったと報告はしていたはずなのだが。

「どういうことでしょうか？」

「彼はツアーの際、ダンジョンピーナッツの茎を単純な力だけで引き抜いてみせたんだよ」

「本当ですか？」

藤堂は驚愕の声を上げた。

ダンジョンピーナッツ……貝塚ダンジョンに埋まっている落花生は、鞘《さや》の一つ一つが巨大な上、根が非常に深い。

周囲の土をしっかりと噛んでいるため、スコップがなければ掘り出すことなど敵わない。

「レベル400の探索者でも厳しいのでは……。素手で掘り出せないからと、エクスカリバーなんて揶揄《やゆ》されていますよね、あれ」

「ああ、そうだね」

どんな力自慢でも引き抜けなかったエクスカリバーになぞらえたのは、なかなか上手いことを言うと山根は内心で思っていた。

だが、それをやってのけたのは事実だ。

しかもそれだけではない。山岸は、あろうことか素手で容易く殻を破壊してしまった。お世辞にも筋肉質とは言い難い体に、異常なパワーがあるということになる。

監視用モニターの中には、江原の部屋の前の様子が映し出されている。

どうやら、佐々木と江原に何やら言い寄られているらしい。

「どう見ても普通のおじさんにしか見えないんですが、本当に彼を監視する必要なんてあるんでしょうか？　バレたら、自衛隊の越権行為を問われますよ」

藤堂の言うことはもっともだ。

本来、自衛隊に国民を監視する権限など持たされていない。緊急時の武器使用すら争点にされる昨今、こんなことが明るみに出れば一巻の終わりだろう。

だが、それを見越してでも、監視する理由が山根にはあった。

「興味があるんだよ、彼自身に」

「はあ、興味ですか？」

一見すると少し危ない発言にも思えるが、山根の内心には、ある野望が渦巻いていた。

「彼に会った時に直感したよ。彼は、人間というものに興味がない」

「ええと……それは他人への関心がないということでしょうか？　しかし、それは現代の日本に生きる人なら、大なり小なりそういう気質が……」

「それは違う。皆、口でそう言いつつも、他人を気にしなければ生きられないだろう？」

マナーやモラルが、現実の世界でもネットの世界でも重要視されるのが良い例だ。本当に他人に関心がなければ、とうに社会は崩壊している。

「そんなレベルではなく、彼は自分を含めた全ての人間に等しく興味がない。それこそ死のうがどうなろうが、ということだ」

「自分を含めてですか？　そんなの」

「そう、普通ならあり得ない。どれだけ過酷な訓練の末に、職務のために命を捨てる覚悟をしていたとしても……やはり人は、自分の生存を第一に考えてしまうものだ。けれど彼にはそれがない。最上級の兵士としての資質だよ」

「………」

まるで子供のように語る山根に、藤堂は少したじろいでいた。

「ああ、ぜひともうちに欲しい人材だ。でも、ままならないものだなあ……」

モニターの中では、江原に手を引かれた佐々木が部屋に入って行った。少し周囲を見回してから、山岸もそれに続いている。

まさか感づかれている？　いや、そんなはずない。自分が仕掛けたカメラは、ちょっとやそっとでは見つかるはずのない偽装を施している。

藤堂は一瞬焦ったが、すぐに安堵した。

そして山根のはっきりしない態度に、疑惑の言葉を投げ掛ける。

「ままならないとは？」

「いやあ、何……色々とあってねえ」

さすがに、山根は藤堂を相手にしても口ごもるしかなかった。自分の指示で圧力を掛け、山岸の就職活動を徹底的に妨害している、などとは。

どんな強者だろうと、この社会に生きる上で金は必須だ。妨害し続けていれば遠からず生活が立ち行かなくなる。

そうして困り果てた山岸を、以前から親交を温めていた山根が救う……という手はずだったのだが。

もはや「運が良い」では片付けられないほどの確率で、山岸はスクラッチくじを当て、継続的に資金を得ている。

彼の幸運の数値は一体どうなっているのだろうか？

それもまた、山根の興味を引く要因であった
「まあ困っている訳だけど、楠君が面白い提案をして来たんだ」

「面白い……？」

山根が放ったのは、江原の退職書類だ。

それを見て、藤堂は眉をひそめた。

「え？　彼女、協会を辞めたんですか？　基本的に、職務継続困難と判断された者以外、レベル50

を超えた時点で脱退を許可されないはずでは？」

「そう、普通はね。だから彼女は、正規の退職ではなく、楠君の命令を受け組織外で動く立場にある。山岸君の住んでいるアパートを相場より高く買い上げ、その見返りとして、杵柄夫人には江原君を孫として扱うよう頼んである。いやあ、上手く行って良かった」

眼の前で堂々と行われる権力の濫用《らんよう》っぷりに、藤堂は溜息をついた。

「その提案、絶対に山根二尉も噛んでますよね？」

藤堂のジト目に、山根は肩をすくめるだけだ。

「まあ、一つ誤算があるとすれば……。江原君の山岸君への好意が、本物だったことかなあ。若さゆえの衝動かもしれないけど。ああ、計画に支障が出たらどうしよう？」

「どうしよう、じゃないですよ！　腹案《ふくあん》もないのに、なんでこんな大胆な計画……」

「だから、うちでも優秀な通信士である君に来て貰ったんじゃないか。大丈夫！　何かあっても、君はまだ若年の隊員だ。私に逆らえなかったとか適当にごまかしておけば、将来も安泰だよ」

「はあー……了解しました。ただ、待遇面は期待させてくださいね」

「もちろんです。では、何かあれば報告を」

「はい」

若者を巻き込んでしまうのは胸が痛む、と内心で嘯《うそぶ》きながら、満足げな笑顔を浮かべた山根は部屋を出た。

派手な音を立てぬよう、一〇四号室の扉をゆっくりと閉める。

去り際、一〇一号室に目をやる。この扉の向こう、果たして山岸はどんな籠絡《ろうらく》を受けているのだろうか。

笑みを浮かべた山根は、待機している車両に向かい歩を進めた。

あとがき

なつめ猫です。『自宅にダンジョンが出来た。』をお読み下さり、ありがとうございます。

今回、『小説家になろう』様にて投稿していた小説が、BKブックス様から書籍化されたことを、大変嬉しく思います。

社会人になり、小説をよく読むようになってからしばらくして、『小説家になろう』様にて小説を拝読していました。

そうしている内に、

「自身も小説を執筆してみたい。物語を作ってみたい」

そう思ったのが、小説執筆を始める切っ掛けでした。

最初は本当に、改行も、小説としての文体も……それこそ小説の「し」の字も知らずに執筆を始めました。

もちろん、プロットって何？　という具合で、推敲《すいこう》も改稿も、何も知りませんでした。

自分が読みたい作品を執筆し、そのままＷＥＢ上に投稿して満足するだけの完全な自己満足を繰り返すだけの日々。

続いたのは、自分の手で、自分が見たいと思う新しい世界を作っていく高揚感と、なにより読者の皆様の応援があったからだと思います。

それからしばらく経ち、運が良かったのか、多くの読者様にご評価いただき、気が付けば書籍化の打診を頂いておりました。


——さて。『自宅にダンジョンが出来た。』という作品は、『小説家になろう』様ではローファンタジーと呼ばれるジャンルに含まれています。

現実を元にしたファンタジーであるため、可能な限り現実世界に沿った路線で作品を作ることをコンセプトにして来ました。

そのため、いわゆる異世界物の作品とは違った作りになっていると思います。


ここからは簡単に作品の解説をしたいと思います。

主人公である山岸直人が使う、超常現象を起こすスキルは、厳密にお伝えするならば魔法に分類されます。

これは、「極端に進んだ科学は魔法と区別が付かない」という考えから作っています。

何故、直人のスキルに神々の名前が使われているのかと言いますと、作品のコンセプトの一つとして、脈々と続く人類史があることが理由です。

太古より、自然界の全ての物事に意味を見出し、神として崇拝して来た日本人としての考えを尊重しているからです。

最後に……。

『小説家になろう』様で掲載しているWEB版と、書籍版とは内容がかなり異なっています。

多くの方のご尽力と、読者の皆様に支えられたからこそ書籍化に至れたのであり、WEBからの改稿も含めて、一人では決してできないことであったと思います。

こうして皆様のお手元にお届けする栄誉を賜《たまわ》ったことに厚く感謝申し上げると共に、今後とも拙作を宜しくお願い申し上げます。

BKブックス

自宅にダンジョンが出来た。

2019年11月20日　初版第一刷発行

著　者　なつめ猫《ねこ》

イラストレーター　黄《き》ばんだごはん

発行人　大島雄司

発行所　株式会社ぶんか社
〒102-8405　東京都千代田区一番町29-6
TEL 03-3222-5125（編集部）
TEL 03-3222-5115（出版営業部）
www.bunkasha.co.jp

装　丁　AFTERGLOW

編　集　株式会社 パルプライド

印刷所　大日本印刷株式会社

ISBN978-4-8211-4533-1

Printed in Japan